U0028878

在座寫輕小說的各位，全都有病 零

目錄

第一話　其實，原本只要賭贏就好了

正方形的院子內覆滿皚皚白雪，一棵老邁的櫻花樹坐落正中。櫻花樹外探的枝椏彷彿乾枯的老人之手，朝天空乃至四面八方毫無生氣地延伸。

而有一株伸向東側的枝椏特別寬長，在白雪上投出斜長的黑色影子。

那黑影延伸的盡處，恰好與一只小巧精緻的涼鞋尖端相接，連成一個整體。

「……樹先生，你今年也不打算開花嗎？」

涼鞋的主人是一名嬌小的幼女。她注視面前垂垂老矣的樹木，大而圓潤的眼睛裡帶著不符合年齡的感慨。

幼女今年只有五歲，玲瓏而迷你的身段已經初具少女氣息，雪白的肌膚粉嫩得像要滴出水，即使是對於美醜定義最愚鈍的人，也能看出眼前的幼女……無疑是個美人胚子——那是還未成長起來，就已經能窺測出未來的驚人美貌。

但幼女渾身上下最讓人印象深刻的地方，卻是她那一頭粉櫻色的長髮。偶爾遇風時，粉櫻色的長髮在空中溢散開來，就像漫天飛舞的櫻花花瓣那樣，能在視覺裡烙下強烈的粉色。

「……樹先生，加油哦。我每天都努力幫你澆水，希望明年你可以繼續努力，往

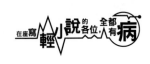

開花的目標邁進！」

幼女坐在通往和室的石頭階梯上，仰天望著櫻花樹，晃在半空中的雙腳一踢一踢。

據說「樹先生」自三十年前被人種下，三十次寒暑匆匆而過，至今從未開枝散葉過。

與這棵坐落在庭院中的「樹先生」說話，是幼女的嗜好之一。

哪怕樹先生不斷辜負這家人的期待——從來沒盛開過櫻花，也絲毫無損幼女與「樹先生」聊天的意願。

與樹先生說了一陣子話後，幼女漸漸開始無聊。

其實她常常感到無聊。

之所以如此，是因為她太過優秀，優秀到尋不到目標。彷彿本身就是「才能」、「幸運」、「勝利」等詞的匯集體般，相貌、錢財、課業、人際關係……普通人苦苦追尋一輩子也未必可得的事物，在少女看來，卻盡是信手拈來之物。

這名擁有粉櫻色長髮的幼女，名為「櫻」。

櫻結束與樹先生的對話後，站起身來。

她這一站，嬌小的身段佇立在寬廣無比的庭院中，頓時產生巨大的落差感，給人的感覺更顯矮小。

他們家的庭院占地實在太過誇張，光是庭院，就有普通人家整棟房屋的面積總和。

如果有人搭乘直升機從半空中鳥瞰，更會驚愕地發現：少女所在的庭院，不過是某棟豪華至極的別墅中的小小一隅，零零散散落在各處的小黑點則是傭人或女僕。

別墅內極盡奢華的屋舍與擺飾，與數量多到有些累贅的僱傭者，導致這戶人家給人一種暴發戶的直覺感想。

「呼㖿……」

位於豪華別墅正中心的櫻，慵懶地伸了個懶腰。

剪裁合身的洋裝，在她張臂伸懶腰的動作下，變得有些緊繃，導致滑嫩細緻的鎖骨露出小半。

就在此時，櫻身後和室的走道裡傳來輕微的腳步聲。

腳步聲最後停在和室的門口，伴隨著拉開木門的聲響，一位名為桃桃的女僕彎腰鞠躬，朝櫻開口說話。

「大小姐，車子已經備好，您可以動身了。」

「……」

櫻回過半張小臉蛋，眼睛睜大，發出了「咦——？」的抱怨聲。

然而，櫻的抱怨並非出自彼此身分差距的高傲——相反的，蘊含著撒嬌似的、一絲懶得前去的不情願。

依舊保持鞠躬動作的女僕桃桃等了一下，沒得到小主人回應的她，恭敬地再次發話。

「大小姐，老爺正在車上等您。」

「……」

「大小姐，老爺正在車上等您。」

女僕以謹慎的口吻發言催促。

櫻旋身走向和室門口。

——又打算進行豪賭嗎？

櫻打了個哈欠，心中升起「又是這樣啊」的想法。

走近加長型的進口豪華轎車，一名有著深邃鷹勾鼻的中年男人早已在車上等待著櫻。

即使是久等也沒有露出絲毫不耐煩的情緒，中年男人對櫻展露誇張的笑顏。

「喔喔喔喔！櫻妳來了，快來坐我旁邊。」

「……不要。」

「為、為什麼不要!?櫻——拜託嘛——來坐我旁邊。」

「就說不要了！」

「拜託來坐這邊～～櫻最可愛人最好了，拜託妳啦～～～」

中年男人殷勤地拍響他身旁的坐墊，一副傻好爸爸的寵溺模樣。

「……」

櫻刻意表現得很冷淡，但她其實無法真正討厭這個男人。就算他笑得很欠揍，但他對自己真的很好。

而且親生父女的這一層連結，本來就註定兩者會關係緊密。

男人這時候一摸腦袋，忽然露出恍然大悟的表情：

「櫻明明想坐在爸爸的旁邊，卻又拚命壓抑著心裡澎湃的情感、不好意思表露……啊啊，我知道了，這就是所謂的傲嬌吧？」

「……再胡說八道的話，我就轉身走人了哦？」

忽然被套上奇怪的屬性，櫻的眼神帶上了殺氣。

上車後，櫻在最角落、最角落的位置坐下，盡量遠離這個有點變態的傢伙。

面對女兒明顯不佳的態度，身為父親的鷹勾鼻男人卻不介意。

一邊示意司機開車，在車身前進的微微震動中，父親對櫻解釋此行的目的。

「呃……我前幾天去『拉勒加加斯』賭博，那個……不小心輸了一千萬元。」

像是害怕櫻聽到這句話會斥責他那樣，他的語氣很謹慎。其實賭博的貨幣單位是美元，這一點他也沒有明說。

在察覺櫻的態度沒有變化後，他才繼續說了下去：

「櫻，妳也知道，拉勒加加斯都是些吃人不吐骨頭的傢伙……我也只是不小心把籌碼輸光而已，賭場那些傢伙一聽我還不出錢來，臉色馬上就變了……

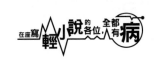

「我拿我們家房子的契約做擔保，好不容易才換來一個月的籌錢時間……他們說，如果我一個月後籌不出錢，保證會讓我嘗到超越地獄的痛苦……」

父親的態度已經近乎哀求。

「櫻，依妳看，我們該怎麼辦？」

櫻瞄了他一眼，同時將粉櫻色的秀髮以手掌順到耳後。

她沒有回答父親的問題，而是指向疾駛中的進口豪華轎車，冷靜地提出反問。

「司機開車的目的地這麼明確，其實你早就知道怎麼辦了吧？既然知道，那又何必開口試探。」

「……真不愧是櫻啊。」

父親讚賞似地一拍掌。

「……」櫻白了他一眼。

這個在祕密賭博之國「拉勒加加斯」一夕之間輸得傾家蕩產的可憐男人，名為隼。

可憐，卻也可恨。

因為這個男人是個徹徹底底、無可救藥的爛賭鬼，愛好豪賭的性子沁透到了靈魂深處，那是就算墮落地獄底層也無法更改的罪惡根性。

可以說，隼的人生就是由無數場賭博所構成的經歷。

但那些經歷，往往是輸多贏少。

所以他是個悲哀的傢伙，空有堅強無比的賭性，卻缺乏帶來致勝關鍵的優秀賭技。

——從只敢賭彈珠的小鬼，成長為能把家產一口氣全部壓上、然後輸個精光的賭鬼那年，隼不過才二十五歲。

在二十五歲那年背上了天文數字的負債，隼一邊埋怨著上天不公，然後以身分做為擔保，借了一大筆錢試圖翻本，繼續進行豪賭。

繼續賭。

繼續賭。

繼續賭。

最後毫不意外地，又輸了個一乾二淨。

「只不過是賭博之神沒有眷顧我罷了！我不信永遠不會贏。賭了這麼多年，我遲早會贏一把大的！」

幾年後，二十七歲的隼以惡狠狠的口氣對著天空大吼。

家產散盡，連身分也押給地下錢莊做借貸擔保的他早已信用破產，想不到其餘生財之道的隼開始行竊。

幸運地從銀樓偷到了許多值錢物品，並且於黑市中販售後，隼再次入手了一大筆錢。

……然後短期內盡數投入賭場。

三天後，他窮得連一碗肉臊飯都吃不起。

被人攆出賭場的隼，埋怨著命運的不公，坐在路邊唉聲嘆氣。

「難道賭博之神在天上的地位不如命運之神，所以不敢眷顧我這位忠實信徒？唉……這算是職場霸凌嗎？唉唉唉唉，看來不管是神靈之國還是人間界，每個人都非常現實啊……」

身上沒有半毛錢的他，當夜被一名好心路過的二線模特兒收留。

人品不怎麼樣、長相倒是十分高標準的隼，厚顏無恥地在模特兒的公寓住了一個禮拜後，兩人迅速墜入愛河。

又過半年，模特兒懷孕了。

再十個月後，他們的小孩出生。

嬰兒是個女孩。

由於是在櫻花盛開的季節誕生，這個剛出世的女孩，被取名為櫻。

雖然升格當了父親，但年近三十的隼依舊無法戒掉賭博的習慣。三天一小賭，五天一大賭，且金錢的來源都來自戀人——他的所作所為迅速地消磨了模特兒的耐心與愛意，最後他們分手了。

帶著年幼的櫻搬出了模特兒母親的公寓，隼在打工地點附近租了一間破爛又狹窄的套房，以微薄的薪資供養著父女兩人生活所需。

因為必須撫養嬰兒，這段時期……隼的賭性終於收斂了一點。

但也僅只於一點。

除了日常生活所需最低限度的金錢之外，隼依舊會把所有薪水拿去博奕，試圖賺回一筆大的——當然他每次都無功而返。

為了能有更多時間在賭場裡廝混，隼甚至以嬰兒方巾把女兒繫在背上，時時如此出入賭場。

由於帶著幼兒賭博的行徑實在太過怪異，隼「保母賭徒」的名號不脛而走。

隼的賭博根性爛到了骨子裡，但這個惡賭鬼唯一做過的好事，就是在最貧困的時候，也沒有像其他的重度賭徒那樣，起過捨棄家人的惡質心態。

彷彿是隼的一念之仁獲得了豐碩的回報，他口中的「賭博之神」似乎也終於擺脫了職場霸凌，打算眷顧這名倒楣的信徒，隼迎來了人生中最大的幸運。

——他的女兒櫻，是一名超乎想像的天才少女。

彷彿擁有選擇正確答案的超能力那樣，櫻的賭博直覺敏銳到堪稱恐怖。

地下賭場往往涉及不乾不淨的作弊手段，在某次賭局揭曉前，年僅五歲的櫻注意到了負責賭局進行的荷官們眼神有不自然的牽扯，當下拍了拍父親的背，在隼的背上劃了個數字「七」。

隼迅速會意，在荷官停止下注前的最後一秒，將所有籌碼放在代表數字七的格子裡。

所謂的「所有籌碼」，在當時是隼的全部身家，若是這一把落空，將會面臨一貧如洗的窘境。

雖然隼過去也進行過許多次不顧一切的豪賭，但那些押注畢竟都出於自身抉擇，哪怕是輸了，至少也享受過一擲千金的快感。像這樣將關鍵賭局交由他人決定——打個比方的話，就像士兵身處步步牽扯生死、時機稍縱即逝的戰場上，卻必須藉由別人代扣扳機。

何況給予隼提示的，只是個年齡剛滿五歲的稚女……或者說蘿莉。

所以在任何人看來，隼的行為都怪異到堪稱愚蠢。

但那些人卻永遠不會明白……對於賭博中毒的隼而言，將鹹魚翻身的可能性一口氣投注在自己的女兒身上，這也是一種精彩萬分的博奕方式。

事實也證明，隼這輩子做過最正確的事，就是相信了自己的女兒……櫻。

在荷官開始轉珠後，地下賭場掀起巨大的喧譁聲。

隼緊張地盯著賭局，他的手掌心滿是不安的汗水。

最後的最後……

——在所有人驚訝的目光中，代表勝利的轉珠，落在了賠率超過一千倍的七號格子內。

在隼發現女兒的賭博才能後，又過了一小段時間，櫻已經滿六歲了。

畢竟是賭徒，終究喜歡親自下場，隼的財富隨著他的濫賭濫花，永遠在「家財萬貫」與「身無分文」兩者之間徘徊。

但不管他輸得再怎麼徹底，只要他的女兒櫻還在，他就永遠擁有東山再起的資格。

嘗到甜頭的隼，開始把賭資毫無節制地加大，一擲千金已經不足以形容這名賭徒的闊氣。

很多時候，當隼欠了一屁股債回家時，背上的債務往往沉重得會讓所有富豪為之皺眉。

不得不說，隼當初在最困難的時候沒有放棄櫻，是他人生最正確的抉擇。

櫻也給予了同等的回報，在看見隼又一次帶到面前的債務單時，哪怕數清了這負債究竟有多少位數，她也只是點點頭，說了一句話。

「我們去賭。」

「……那、那個，他們只給我三天的籌錢時間，而且能去的賭場現在都明令禁止我進入了……」

隼越說越小聲。

這個男人竟然向年齡不到自己五分之一的幼女求助，可謂厚顏無恥兼無能。但他一生一次的巨大幸運，猶如凶猛的浪潮，止也止不住。

身為父親的幸運來源，櫻輕輕地嘆了口氣。

「……那也沒關係，給我一點時間思考，我會想辦法。」

「真不愧是我的女兒！」隼厚顏無恥地這麼說，想摸摸自己女兒的頭示意嘉許，卻被櫻輕巧地避開了。

隼也不以為意，在櫻慢慢遠去後，露出了鬆一口氣的笑容。

隔天，在櫻的示意下，隼站在國內食品企業龍頭——「E．T」總公司前。

抬頭望著高高矗立於鋼筋叢林中的「E．T」總公司，足足有七十樓的高度讓隼看傻了眼。

原本隼在出發前還充滿希望，認為櫻發現了某間隱密的賭場，但來到目的地後，希望卻被徹底粉碎了。

抱著萬一的僥倖心態，隼還是開口發問。

「這、這棟大樓裡有隱藏的地下賭場？」

「……想太多了，怎麼可能會有。」

帶著點鄙視，櫻瞅了沒用的父親一眼。

聽到沒有賭場後，隼一下子愣住。

「咦？那我們來這裡做什麼？」

「……賺錢。」

「妳說賺錢……可、可是這裡沒有賭場呀？」

「……隼，你的腦袋究竟是什麼構造呀？為什麼你的行動方針裡只有『賭博』能夠賺到錢？」

「本來就是只有賭博能夠賺到錢啊！」

「……」

如果代換成網路上的表情符號，櫻現在的表情大概就是「＝＝」這樣子的無奈神情吧。

看來惡賭鬼的腦袋構造確實異於常人。

為了讓這個異於常人的老爸理解自己的計畫，櫻用六歲小孩也能聽懂的方式進行說明。

……到底誰才是小孩子啊——櫻如此心想。

雖然在心裡吐槽，櫻還是展開了簡潔有力的講解。

「我們去騙錢，去這間『E・T』公司裡面騙他們的領頭人物。」

「騙、騙錢？」

太過簡潔有力的說明讓隼嚇了一大跳。

櫻又輕輕嘆了口氣。

「對……騙錢。」

「要怎麼騙呀！我是職業賭徒，又不是職業騙子！」

隼發出恐慌的大叫，引得許多路過「E・T」公司的路人向他看去。

他趕緊掩住嘴巴，以無助的眼神盯著自己的女兒。

櫻再次開口解釋。

「……我查到這間公司旗下的食品，很多都是用黑心油來進行製造作業，雖然他們掩飾得很好，把證據銷毀得徹徹底底，連我也找不到證據。但是從與油廠之間的資金流動還是可以看出端倪，利用這點來威脅他們就可以拿到錢。」

「等等等等等等等！妳剛剛說妳也沒有證據？」

「對，我沒有證據。」

「沒有證據要怎麼跟他們要錢!?他們又不是傻子!!」

「所以要用騙的，假裝我們有證據，而且背後有勢力支撐。」

「怎麼可能騙得過去!!」

「……你不相信我嗎？」

年僅六歲的幼女撇了撇嘴角。

猶如神賜的細緻五官，使得櫻笑起來比一般人好看許多，就算是撇嘴角這種動作，看起來也有種動人心魄的美態。

櫻白白嫩嫩的幼小身軀，並不足以為她提供足夠的氣勢。

但她那對如天空般顏色的淺藍色眸子，卻有著吸人目光的魔性。

面對「……你不相信我嗎？」這種提問，最終……隼做出了答覆。

「我相信。」

一起走入「E・T」食品總公司，隼的心裡還是感到毛毛的。

在沒有第三者會聽到談話的角落，隼像是要維持大人最後的尊嚴那樣，努力想提出一點不同的意見來。

「那個……櫻，就算妳真的騙到錢，我們又沒什麼勢力背景，被『E・T』公司的人秋後算帳怎麼辦？」

「……我會想辦法解決。」

櫻本來正在思考等一下的對策，所以只是隨口回答。

但相當不安的隼再次開口追問。

「那如果他們後悔了、發現不對勁了，提起訴訟要討回錢怎麼辦？」

「……我會想辦法解決。」

「呃，或是他們給的錢不夠多，那怎麼辦？」

「……我會想辦法解決。」

「那……」

「吵死了！你吵死了！你是『怎麼辦先生』嗎！人家這不是在思考解決方法了嗎！」

櫻氣憤起來，往父親身上用力揍了一拳。

那天步出「E・T」食品總公司時，隼就像踩在棉花糖般柔軟的白雲上，腳步飄飄晃晃，一時間被幸福沖昏了腦袋。

他沒有從「E・T」食品總公司帶出任何一張鈔票，但他的帳戶內多了兩千萬美金。

直到錢入了帳戶，隼還是迷迷糊糊的，完全搞不清楚犯案過程。

他只知道，自己不知為何得到了上樓見大老闆的允許，然後帶著櫻一起踏入對方的辦公室。櫻只花了不到五分鐘與大老闆交談，說了些艱澀難懂的術語跟暗號後，大老闆雖然咬牙切齒，但還是乖乖把錢匯到了隼的戶頭裡。

身為夥同犯案的當事人，他卻完全無法理解櫻是怎麼做到這一切的。

隼唯一能夠理解的，就是自己的女兒……櫻，是個遠遠超乎想像的超級天才，才能簡直氾濫到過了分。光是看書自學一年，就吸收了常人一輩子也無法習得的知識量。

「妳是怎麼辦到的？」隼本來想問這句話，話到喉嚨卻又縮住。

畢竟他可不想再被稱為「怎麼辦先生」。

將場景拉回加長型的豪華轎車上。

離櫻的七歲生日還有半年。

之前在「Ｅ・Ｔ」食品總公司騙得的大筆資金早已輸了精光，從櫻剛滿六歲到今天為止，為了支付父親的賭債，櫻陸續又騙了幾家大公司的錢，在業界早已闖出詐欺師的名號，甚至連ＦＢＩ也曾遠渡重洋到國內調查，當時櫻連續三次把陌生人假扮成她，讓ＦＢＩ次次無功而返。

現今……已經三十多歲，再次欠了大筆賭債的隼，老老實實地坐在櫻的旁邊，朝櫻述說這次的行進目標。

「那個……櫻，我不小心欠了一千萬元，所以呢……」

「是一千萬美元吧？」

櫻打斷了隼的話，把他之前想藏起的訊息說出。

「啊哈哈，是一千萬美元沒錯。」

「哼。」

隼忍不住乾笑。

櫻則哼了哼，但並不意外。這個人就是這樣，身負賭徒特有的小狡猾，卻很容易看穿。

老實說，櫻對於連續不斷的籌錢生涯已經相當厭煩。

發現女兒的臉色不佳，隼露出討好的笑容。

「櫻，妳聽我說，我這次做得很好，已經想到賺夠一千萬美元的方法了！」

「呼嗯？」

櫻發出疑惑的聲音，用打量珍禽異獸的眼神看向隼。

畢竟「怎麼辦先生」也能有想出解決辦法的時候，這實在很稀奇。

隼乾咳一聲，假裝沒看到自己女兒的表情。

「就是呢……我找到了一頭大肥羊。啊……表面上我跟他是賭友啦。他知道我是職業賭徒，但我預先放水輸給他過，這傢伙大概誤以為我實力很差勁。

「這頭肥羊是一個很喜歡賭博的建築業龍頭社長，他可以說是個爛賭鬼，但是賭技很差。他常常私底下把好賭的大客戶請到專屬的ＶＩＰ室，進行低標以數十萬來計的大場面博奕。傳聞中，他雖然偶爾也會運氣好贏錢，但總是輸多贏少。」

隼頓了頓，補充道：「而且他有個習慣，就是喜歡裝闊氣，身為有錢人的優越感高到令人難以置信。只要在跟他賭博時露出不在乎金錢的豪爽感，他覺得受到挑釁，肯定會忍不住跟注的。

「據我調查，社長室裡的保險櫃至少藏了兩千萬美金以上的現金，用來還賭債是綽綽有餘了。」

隼說到這，停頓了一下，接著露出得意的笑容。

「不過呢，這一次其實不用妳出手啦。老爸這一次找妳來，其實是想證明我自己也有能力解決賭債，不用每次都依靠妳。我再怎麼說也是個職業賭徒呀，賭過的場子面積比一般人走過的路加起來還多，就算偶爾在賭場失利，也不可能輸給那種隨著心情任意跟注的菜鳥。」

聽到「偶爾在賭場失利」、「隨著心情任意跟注的菜鳥」這幾句話，櫻總覺得有點好笑。

不過這次她沒有開口吐槽，而是點點頭同意父親的話。

……如果真的如他所說，只是個單純好騙賭技又爛的肥羊的話，那該考慮的，就只有「如何引誘對方下大注」這一點。

應該不會很難。

就像再差勁的拳擊手也能輕鬆擊倒平民百姓，以隼長年浸淫在賭桌上的水準，對付普通人可以說是毫無難度。

「……」

在經歷長途跋涉後，進口豪華轎車於一間豪華大樓的門口停下。

這間大樓是建築行業龍頭的總公司，足有八樓高度，櫻跟隼來到位於頂樓的社長室時，建築業社長已經在裡面等著他們。

「隼先生，你怎麼帶小孩子過來呢？啊……我想起來了。隼先生，你很久以前有個『保母賭徒』的外號對吧？這就是當年那個小孩吧。」

說話的是一個胖嘟嘟的中年人。

他身上的西裝幾乎要被肥肉給撐爆，留著油頭、戴著黑色細框眼鏡，笑起來時整張臉的肥肉都在抖動。

面對對方的提問，隼露出友好的笑容。

不過在櫻看來，與其說友好，隼的笑容更接近諂媚。

「是的，這是我的女兒，叫做櫻。櫻，跟叔叔打聲招呼！」

聽到隼的吩咐，櫻朝建築業社長露出天真的笑臉，笑得就像一個普通的六歲小孩。

社長室裡面已經被淨空，偌大的空間裡擺著一張巨大的賭桌，一旁的小凳子上擱著各式賭具。

在基本的寒暄過後，隼坐下來與建築業社長對賭。

「隼先生，就我看來……」

建築業社長的目光在隼的身上掃射，看出他口袋癟癟的，似乎沒有攜帶大量現金。

他看出端倪後，笑得露出被尼古丁染得焦黃的牙齒。

「……就我看來，你應該沒有帶太多錢過來吧？那我們今天就玩小一點，一局一萬美元吧。我知道你是個有錢人，輸了可以先記在帳上沒關係。」

「欸？」

傳聞中出手無比闊綽的建築業社長，竟然主動提出一局僅一萬美元的賭注要求。

隼一聽，忍不住發出意料之外的疑惑聲。

——開玩笑，自己現在可是欠了一千萬美元，怎麼能容忍小打小鬧般的賭博呢！

假如這隻肥羊在賭局中盤意識到雙方賭技的巨大差距，明白這已經不是賭博，而是單方面的「屠殺」時，就算是再怎麼蠢笨的肥羊……也會撒腿就跑吧。

所以，為了不讓這隻快到手的肥羊跑掉，隼趕緊開口補救局面。

「社長……老實說，我本來以為今天會進行賭資更大一些的賭局。雖然一局一萬美元的賭局，已經是相當了不起的鉅額賭博，就算是像我這種長年遊走於各式賭局的爛賭鬼，聽到之後，心臟也跳得像快從胸腔裡躍出……

「但是呢，來這裡的途中，我耳聞社長您一擲千金的賭博風範，實在令人無比敬佩。像我這種只敢於進行被蚊子叮一口般、無關痛癢的賭局的爛賭鬼，最佩服的就是社長您這種豪爽的性格了。」

隼恰到好處地捧了對方一下。

在觀察到對方陶醉於讚美中，笑臉咧得更開之後，他繼續小心翼翼地引導局面。

「所以呢……我認為以社長您的格局來說，一局一萬美元的賭局籌碼，未免也太少了吧。如果是這種相對微小的籌碼，想必雙方也會玩得不盡興。」

「……」

社長摸了摸滿是肥肉的雙下巴，像是十分認同隼的話那樣點了點頭。

他露出不甘心被小看的表情，雙拳緊握，激動地做出答覆。

「隼先生說得是！被隼先生這麼一提醒，我才發覺自己簡直錯得離譜！賭博追求的不就是勝利會讓人高興到跳起來、賭輸了會懊惱到睡不著覺的那種刺激感嗎！竟然會因為擔憂隼先生沒帶足夠的現金而主動縮減賭注，看來身為賭徒的那個我完全是不合格——不如說，簡直低劣到令人鄙視！」

社長在賭桌上用力一敲，桌子震動，坐在他對面的隼頓時感受到那股蘊含懊惱的力道。

在憤憤不平的情緒中，社長將身子極度前傾，無比認真地看向隼。

「光是想到自己曾經提出籌碼一萬美元的無聊賭局，我……我就想找個地洞鑽下去啊！但是！已經受到隼先生啟發的我，可不能容許自己繼續愚蠢下去——隼先生，讓我們來進行足以讓雙方內心澎湃激昂、無比刺激的賭局吧！」

從聲音中聽得出，社長心情大為激盪。

「既然如此，我想想……賭注該提高到多少呢……三十萬美元？五十萬美元？不，不對……我又犯蠢了，這種小小的賭注，簡直是侮辱了隼先生對我的提點。為了配得上隼先生的那份賭博氣魄，不如一局一百萬美元吧！」

社長在掙扎過後，道出了自己覺得適當、不辱沒了這場決戰的賭額。

「咦？」

……基本賭資是一百萬美元？

隼聽到那超乎預估的數字，狠狠嚇了一跳。

他本來只想提高幾倍的基本賭資，也就是十萬美元左右，畢竟許多賭博，例如麻將、撲克牌都有所謂「多倍賠償」的規則。

如果賭注並不大的話，隼本來打算先故意輸給對方幾把，藉此炒熱場子，讓對方內心升起「自己能贏」的錯覺，再像溫水煮青蛙那樣慢慢蠶食對方的資本。

但是，一旦把賭注提高到一百萬之鉅，隼就無法進行讓賽。

因為就算賭技再好，賭博畢竟還是得依賴運氣，萬一社長運氣好、開始連贏了幾把，見到自己收穫極豐，就此收手也是有可能的。

也就是說，如此誇張的賭本，已經帶給隼無法失敗的巨大壓力。

如果真的以一百萬美元籌碼來進行賭賽的話，那從第一把賭局開始，隼就得使足全力狠狠壓榨對方的金錢，在對方來不及感到疼痛之前，就讓對手付出足夠的代價。

……賭資這麼龐大，似乎有點不妥？隼開始思索。

但看見建築業社長那張興奮到滿臉紅光的胖臉，而自己剛剛才說過「這種相對微小的籌碼，想必雙方也會玩得不盡興吧」這種話，隼頓時又覺得不好拒絕，陷入了進退兩難的局面中。

「隼……加油。好吃。」

櫻坐在社長室角落的椅子上，她以雙手捧著跟自己臉蛋差不多大小的蘋果，小口小口地啃著。

她輕鬆地旁觀賭局。

由於櫻的蘿莉身板實在太過嬌小，雙腳晃在半空中一踢一踢，小小的腳板碰不到地，模樣十分可愛。

雖然看起來可愛，但體型太過迷你，無形中氣勢就弱了許多，所以櫻希望自己能夠長得高大一些。

然而這時的她並不知道，即使多年後上了高中，蘿莉身段的情況依舊沒有顯著改善。

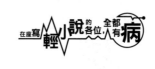

在櫻吃了小半顆蘋果後，位於賭桌兩端的兩名男人也已經商量妥當開始比賽。

「……」

社長將五張金底銀邊的厚厚紙牌推到隼的面前。

這五張紙牌的背面全都長得一模一樣，就連隼這種善於鑑識作弊手段的熟練賭徒，也無法察覺這五張紙牌有哪兒不同。

隼好奇地掀開那五張牌，看見這些牌繪著「警察」、「平民」兩種圖案。其中「警察」只有一張，而「平民」則多達四張。

社長手上也有五張金底銀邊的牌，緊接著也將牌翻開。他的部分卻略有不同，持有「殺手」一張、「平民」四張，這是社長的所有手牌。

「隼先生，我們即將要進行的……名為『繩之以法』遊戲。」

社長以閒暇的態度，撥弄著繪有「殺手」的那張牌。

「『繩之以法』遊戲呢，如你所見，你擔任的是警察方，而我擔任的是殺手方。

「每張牌只能用一次，每回合先由警察出一張牌覆蓋在桌上，再由殺手跟牌，開牌時也同樣依照警察、殺手這樣的開牌順序，如此不斷重複，直到分出勝負，或者雙方手上沒牌為止。

「而警察、殺手、平民這三種牌的強度呢，則是——警察大於殺手，殺手大於平民，平民遇到平民就進入下一回合，但警察碰到對手的平民時，一樣進入下一回合。」

社長頓了頓，喘口氣，「簡單來說，每局的結束方式分為四種——警察抓到殺手、殺手殺死平民、平民碰到平民以及警察碰到平民。」

「就機率而言——警察方抓到殺手取勝的機率只有五分之一，但殺手殺死平民的機率卻高達五分之四，這是一場不公平的遊戲。所以呢，雙方獲得的報酬當然也是不同的——

「警察方獲勝可以一口氣拿到基礎賭金的五倍報酬；殺手方贏的話，只能拿走基礎賭金……也就是說，如果基礎賭金是一百萬，警察贏了可以拿到五百萬，殺手贏了只能拿走基礎賭金的一百萬。」

隼聽完後，頓時興奮起來。

由於警察方唯一的獲勝手段就是出「警察」抓到「殺手」……以基礎的機率學來看，雙方手上各有五張牌，每回合各出一張，警察抓到殺手的機率相對低上許多。

而殺手方只要隨便殺一個平民就能奪得勝利——換句話說，這遊戲如果賠率一致的話，根本沒有人會願意擔任警察方。

社長顯然已經事先考慮到這一點，將警察方獲勝的酬勞提高了數倍，讓得勝後的利潤達到無比驚人的五百萬美元。

勝利的話，就能一步登天。

敗的話，也不過是損失基礎賭金的一百萬美元罷了。

雖然五分之一的勝率、五倍的獲利，以期望值來看是打平的，但對於喜歡以小搏大的爛賭鬼來說，這比任何條件都具有吸引力。

所以隼興奮了。

明知道多餘的情感波動是賭博時的毒藥，但隼還是無法抑止這樣的情緒，從身體深處不斷湧出。

櫻在後面聽著社長講解賭賽規則，漸漸地，她覺得很不對勁。

她也發現了隼興奮的臉孔。

似乎刻意要激起隼的賭徒本能那樣，這遊戲的規則充滿陷阱氣息，十分啟人疑竇。

「……」

彷彿是「才能」一詞的聚合體……沒有任何不擅長事物的櫻，在賭博這一塊領域上，她也是一名遠遠凌駕於隼之上的強大賭徒。

而這時，她身為賭徒的那一份長才，正在她腦袋中瘋狂嗶嗶作響，藉此發出警告。

於是她放下手中的蘋果，輕聲叫喚自己的父親，想發出某些提醒。

「隼……隼……！」

「隼！」

「……」

然而，被巨大的賠率給沖昏頭的隼，沒能聽見女兒的呼喊。

他眼中所能看到的，只剩下坐在對面露出微笑的社長，那在他眼中是一頭能輕輕鬆鬆騙倒吃掉的肥羊。

身為職業賭徒的自己——是不可能敗給外行人的。

隼如此堅信。

於是，在賭徒之魂幾乎要燃燒起來的亢奮狀態中，隼開始了與社長的第一輪對決。

第二話 我與他的賭牌戰爭

隼露出自信滿滿的笑容。

……簡單來說，雙方每回合由警察先出牌，殺手後手跟牌，而自己只要用「警察」對上社長的「殺手」，就能贏得五百萬美元。

「啊……隼先生，我有一件事想對你說。」

「嗯？」

頭腦發熱的隼瞪大眼睛，他真的很怕對方忽然不賭了。

建築業社長搓著肥肥短短的手指，露出帶著緊張的笑容。

「就是呢，這個遊戲不是最多可能進行到五回合嗎？那個……畢竟以隼先生的氣派，隨時可能會想加注，但是……如果始終照著剛開始的基礎賭注玩的話，似乎會讓您不夠盡興……」

「那……你的意思是？」隼遲疑。

「不如這樣吧，隼先生，我們在每一回合開牌後，可以徵詢對方的意見進行基礎賭注的增加，每次至少增加一百萬美金，您看如何呢？」

「……！」

進行基礎賭注的增加？

要知道警察方獲勝可是五倍的獲利，即使基礎賭注只增加到兩百萬，五倍乘下來也就變成一千萬了。

而且這個「額外加注」是在每一回合開牌結束後增加的。對於警察方可以說是壓倒性的有利，因為只要殺手還沒有出場，隨著雙方手上的牌越來越少，被警察逮到的機率也就不斷增大。

這種加注方式，簡直是替警察方量身打造的最佳提議。

「咳，我同意了！」

隼完全無法拒絕。

建築業社長笑了笑，對隼比出了大拇指。

「那麼，隼先生……請出牌吧。」

社長伸出肥肥短短的手，朝隼伸手示意。

隼手上捏著五張牌，他的目光在「警察」、「平民」兩種牌之間快速徘徊，內心不斷進行考慮。

……對方第一輪出殺手的機率很大，因為曾經出過的牌就不能再次使用，第一輪出「殺手」的話，碰上警察的機率只有五分之一，這張牌越是留到後面，被警察方逮中的機率就越大。

……但也要提防對手逆料到這點，反而前面幾回合都出平民，騙出自己唯一的警察後，再讓殺手屠戮平民，藉此獲得勝利。

……第一回合，我究竟要出「警察」賭對手的猜測好呢？還是出「平民」混過這一回合好呢？

「呵呵呵呵……哈哈哈哈哈……」

看見隼先生沉思的表情，建築業社長忽然大笑。

「沒想到被人稱為『保母賭徒』，那個傳說中天不怕地不怕……只怕沒得賭的隼先生，竟然在第一回合就如此猶豫吶。」

「……」

隼雖然處於極度興奮狀態，但還沒有笨到就此喪失思考能力，他也跟著對方一起笑了起來，搖了搖頭，繼續思考。

社長卻在這時候，做出了讓隼跟櫻都大吃一驚的舉動。

社長將三張「平民」的牌面朝上，放在自己的桌面上。

「為了喚回那個對賭局充滿豪氣感的隼先生，就由我來做個友善的開端吧。」

接著他將三張「平民」往前輕輕推去，這三張牌頓時順著表面光滑的賭桌，一路溜到了隼的面前。

緊緊抓住自己可能的勝機不放，隼並沒有被擾亂心緒，而是抬頭望向建築業社長，高高挑起眉毛。

看見隼的表情，社長又笑了。他以肥胖的手掌撐著桌面，略微俯身朝隼看去。

「為了讓隼先生放心，這三張『平民』呢，就請隼先生代為保管，過兩回合後再還給我。」

「這個呢……是為了回報隼先生提醒我賭博講究刺激的重要性，我所做出的讓步。」

——!!

——這傢伙！

隼在第一次見到這個建築業社長時，其實就不太喜歡他油嘴滑舌的腔調。而眼下，對他的印象更是變得極端惡劣。

……是在戲耍我嗎？

……有錢人了不起嗎？

但在深呼吸過後，隼壓下那份深沉的憤怒，硬擠出一個笑容，提出反問。

「社長，這樣你這回合就剩下兩張牌而已，你確定要這樣做嗎？」

「哎呀哎呀……為了能配得上隼先生的格局，我也只能捨命陪君子了！」

社長無所謂地一揮手臂。

隼瞇起眼。

「……那就先謝謝社長了。」

他抓起剛才社長推到自己面前的三張牌，確認那是是三張「平民」無誤。他說要給自己保管兩回合。

換句話說，社長那邊手上捏著的、尚未決定要出什麼的牌，絕對是一張「平民」，跟一張能決定勝負的「殺手」。

在認知到對方手牌的剎那，隼也順理成章地瞭解了一件事，那就是——獲勝的機會變成二分之一了。

社長暫時放棄三張手牌後，這一回合有一半的機率打出殺手，也就是說……相較於原本五張牌的失敗風險，他的「殺手」被「警察」逮到的機率立刻上升了不止一倍。

於是，在帶著點懸疑氣氛的會議室中，比賽正式開始。

決心給對方好看的隼，面無表情地將「警察」覆蓋在桌面上。

胖子社長也跟著蓋牌。

按照順序，隼先打開了牌，站姿英挺的警察牌面亮相。

社長一看之下，露出了誇張的笑臉。

「啊啊啊……隼先生……你竟然第一回合就打出『警察』嗎……？可真有勇氣，該怎麼說……不愧是隼先生呢。」

「少囉唆，我都已經掀牌了，你也快點打開你的牌。」

「好的好的。」

社長開牌——

——衣衫襤褸的「平民」出現在所有人的視線中。

「哈哈哈……看來第一局幸運之神站在我這邊呢！」

「……」

……什麼狗屁幸運之神啊，在神靈之國也只能被命運之神霸凌吧！

隼先生憤怒地將三張平民推還給了社長，覺得這傢伙的運氣好到不可思議，而且有勇無謀，完全不管所謂的獲勝機率。

目前隼的負債：一百萬美元。

第二局再次展開。

這次第一回合雙方都出了平民，和平度過，在回合結束後，社長卻提出了加注一百萬美元的要求。

隼因為剛剛的失利正在猶豫，沒想到社長竟然將兩張「平民」又順著桌面推了過來，留著僅剩的兩張牌，笑著要跟隼一決勝負。

……又是二分之一的機率嗎？這次我絕對不會賭輸！

然而。

然而……

「隼先生果然會在第一回合出平民呢，被我僥倖猜對了。」

社長笑咪咪地將負債記在隼先生的帳上。

算上先前的加注，這一局隼輸了兩百萬美元出去。

目前隼的負債：三百萬美元。

第三局，雙方陷入了纏鬥，社長在苦惱的思考中連續以兩平民避過死劫，在第三回合時……他用殺手宰掉了隼這邊的平民。

隼重重一搥桌面。

「啐，我的運氣可真差——明明感覺能贏的！」

目前隼的負債：四百萬美元。

在第四回合開始前，建築業社長卻反常地沒有馬上整理剛剛使用過的牌，而是略微低下了頭。

他低下頭時，眼鏡鏡片像鏡子般反射出一片寒光，讓人無法看清他的眼神。

「……我說隼先生。」

「啊啊？」

隼的心情很不好。

社長的語調變得比以往更加輕柔……而危險。

「萬一……我是說萬一，畢竟幾百萬美金也不是小數目嘛，萬一隼先生您沒錢支付這筆賭債的話，我只能說聲不好意思囉。」

「……你想怎麼樣？」

隼一凜。

建築業社長的眼神依舊藏在鏡片後。這時候的他，身上散出的氣息彷彿利刃般刺人，完全不像剛進門時是個傻乎乎的胖子。

「我是個正經的生意人，當然不會像黑道那樣擄人勒索……不過呢，畢竟我是個建築商嘛，隼先生您的別墅似乎也挺值錢的……我記得市價是五百萬美元吧？」

「唔……」

「呵呵……那麼……為了保險起見，這局如果隼先生您輸了，就拿您的豪宅來抵押吧。之後要不要繼續賭，我們再慢慢商量。」

「你、你這傢伙——」

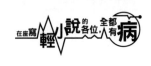

隼一時無法適應對手的態度轉變。

畢竟對手從一個傻乎乎只會奉承的胖子，忽然轉變為冷酷無情的商人，任誰也無法輕易接受。

可是在無意中窺見對手眼鏡下的雙眸後，隼先生頓時沉默了。

——那是餓狼的眼神！

——這氣息，也跟職業賭場裡那些老手完全一模一樣！

被對方的眼神所震懾，隼的額頭快速冒出冷汗。

接著，一點一滴地，他開始察覺自己可能中了圈套。

……這個社長明明很強！

……他早就識破我的伎倆，故意裝作傻乎乎的胖子，布了這麼久的局，就是為了引我上鉤！

隼緊握雙拳。

就在社長以為自己穩操勝券時，他忽然聽見隼在低聲說話。

「……對不起。」

「現在的話……道歉也來不及了喔，隼先生。」

「……櫻，對不起。我明明誇下海口說要靠自己的，但是我……似乎還是做不到。」

在理解隼的「對不起」並非針對自己之後，社長驚愕地看見了——

一名嬌小的幼女，搖晃著未發育成熟的身體，將隼的腳當作梯子爬上椅子，在努力站穩後，將小小的手搭在賭桌上。

「你說得沒錯，胖社長先生。」

櫻一甩秀髮，眼神變得無比銳利。

「現在的話……道歉也來不及了喔。」

最終，社長被賭博之神化身般的櫻……霸凌得差點找不到回家的路。

在社長棄牌再次提出二選一的要求時，她把不知道從哪弄來的、價值五百萬美元的房契拿出，一口氣增加了賭注。

最後，藉由事先偷偷告訴隼的訣竅——先奪走社長手中僅剩的那張牌，當面確認是平民後，逼得社長無法變更蓋住的牌，藉此取得了勝利。

——原來社長是藉由電子器材控制牌面的變化，但最後被櫻利用了這一點。

接著，櫻巧妙地運用各種心理戰術，一口氣從社長手中贏走了足足兩千萬美元。

在建築業社長惱羞成怒說這筆賭債不算數時，櫻又提出了對方在承包政府「中巨蛋專案」私下偷工舞弊的證據，迫使對方認債。

彷彿一切早在計算中，櫻實在太過優秀，優秀到一切都逃不出她的掌握。

對一位算無遺策的智者來說，這個世界實在太過無聊。

「好無聊……真的好無聊喔。」

重新回到樹先生前面，櫻發出了如此的感嘆。

然後她望著天空，繼續無止無盡地發呆。

第三話

這份月刊，與其未來。

在解決財務危機之後，又過去了幾個月。

早已經滿六歲的櫻開始上小學。

在開學典禮當天，班導師為了讓大家早點熟絡，提出了要眾人輪流上臺自我介紹的建議。

當櫻走到黑板前方，在全班的注目下站著時……只不過是看了所有人一眼，她頓時明白了一件事。

……大概，自己是交不到朋友了。

這並非悲觀的猜測，而是透過櫻澄淨的雙眸觀察後，所得出的事實。

……因為這些同學，是從頭到腳包圍著「幸福」氣息的凡人吶，與自己明顯不是同類。

這些人……

不需要為了生計憂愁。

不需要擔心欠下賭債。

也不用被迫提前成為狡詐的大人。

重點是，很無聊。

「……」

於是櫻一句話也不說，搖晃著垂至肩後的長髮走下講臺，讓自我介紹徹底留白。

櫻小小的個子與蘋果般紅潤的臉龐，使她的外貌十分稚嫩，甚至比同齡的女生看上去還要小一些。她顏色柔和的粉櫻色長髮，更加深了整體稚氣的印象。

然而，就算乍看之下再怎麼嬌嫩純淨，她那銳利到足以沁透人心的目光，帶給旁人的壓力卻是無比巨大。

如果說同班的幼童們此刻像一張純淨的白紙，那人生的顏色已經無比繽紛絢麗的櫻，在群體中自然顯得格格不入。

甚至在開學後的第三天，嘗試著與櫻溝通的班導師也被櫻氣得火冒三丈，背後差點浮現阿修羅王的恐怖虛影。

兩人溝通的過程是這樣子的：

「櫻同學，現在是休息時間，妳為什麼不去操場上跟同學一起玩躲避球呢？」

「什麼？」

「啊……我的意思是一起玩球，妳看，同學們在玩躲避球呀。」

「不，老師，我是想問『為什麼』。」

遭到意料之外的提問攻擊，班導師一時之間愣住了。

他想了幾秒鐘，正要回答時，櫻卻轉移視線看向窗外的空處，淡淡地闡述自己的看法。

「所謂的躲避球呢，規則就是拿球砸來砸去，藉此讓對手出局的遊戲對吧？但我們只是小學生，你如果仔細觀察球場上的那些人，會發現大多數人的力氣小得可憐……連把球傳給場外隊友都做不到，更別說用殺球擊中人了。」櫻撇撇嘴。

「當然，球場中也有少數長得人高馬大的『主將』，能投出具有威脅性的殺球。如果你再仔細觀察，由於這些『主將』擁有球場上的極端攻擊性，或者說是『極端暴力』，所以力氣不夠的學生只能淪為陪襯，會在名為『勝利欲望』的群眾壓力下，像傀儡般……不由自主地將球傳給那些所謂的『主將』，甚至整場沒有摸到半次球過。

「打個比方來說，力氣小的那些人就只是綠葉，用來襯托紅花的嬌豔欲滴，所有人都會稱讚紅花的美好，卻習慣性地忽略了綠葉的默默付出。

「每個人都曾夢想成為英雄，這遊戲卻執拗、不講道理、自顧自地劃分人與人之間的重要性，讓少數族群成為既得利益者……也就是說，這是一個具有極端暴力性、不合理性、唯有天生占有優勢就沾沾自喜的自大狂才會喜歡上的遊戲。」

櫻總結：「既然是這種遊戲，你又要我去玩，我當然會提出『為什麼』的疑問了。所以老師，我建議廢除這遊戲，最好從下節課就開始禁止。以上。」

老師聽完後，原本掛在臉上的笑容變得很僵硬。

他本來還試著解釋，但在幾輪的對答後，便徹底被這個乳臭未乾的學生給激怒

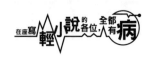

了。

一個老師要整治學生的手段有太多太多，於是這位心胸狹窄的老師，在上課時刻意刁難櫻。

「櫻同學，妳上來算這道數學題。」

小學一年級原本要從加減法學起，但為了打壓這位囂張學生的氣焰，班導師刻意出了小學四年級程度的數學題。

無數對小眼睛盯著黑板上的題目，同學們一片茫然。

而櫻卻散步般走到講臺前，拿起粉筆「啪啪啪」幾筆答完了題目。

「……那、那好，櫻同學，妳再來做這一道題目！」

這次是國中難度的習題。

如果說剛剛小學四年級的題目程度，臺下其他幼童們已經無法作答，這次他們就連題目都看不懂。

然而，櫻再次走上前，又是「啪啪啪」幾筆答完了題目。

班導師一再提高難度，最後發狠把題目提高到了大學程度——這已經跟他的最高學歷相當，卻還是被櫻輕鬆答出。

最後，露出半崩壞的表情，班導師勉強同意櫻在這堂課上合格了。

——這小鬼不可能每門科目都這麼厲害，肯定只是數學神童而已！

小學的老師往往身兼多門科目的教學，除了數學之外，班導師還負責國文跟地理的教授，於是他花了兩天晚上的功夫，準備了幾乎連自己都答不出來的艱澀題目，就是為了難倒這位學生。

在準備完畢後的隔天早上，班導師一大早就出門，興沖沖地跨入校門口，打算先到教師辦公室好好溫習自己的計畫。

但就在他穿過校門時，一名長相福態、挺著鮪魚肚的男人喚住了他。

「等等，別走那麼快。」

「校、校長!?」班導師發出呆愣的聲音。

校長摸了摸下巴，露出思考的表情。

「該怎麼說好呢……你可以先回家了，以後你負責的課都由金老師代授。」

「咦？」

「呃，簡單來說，我們認為你不適任學校老師。資遣費我會匯到你的帳戶去，你現在可以離開了。」

「咦咦咦咦咦!!」

班導師乍聽之下，腦袋一片空白。

他甚至無法提出疑問，因為光是發出困惑的狀聲詞，就已經用盡全力。

最後，班導師……不，這個失業的男子，腳步踉蹌地被校長推出了校門，手上還捏著準備了兩個夜晚的資料。

直到最後，他也不明白發生了什麼事。

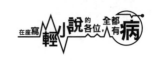

事情的始末，校長十分清楚，但他當然不會對這種菜鳥職員坦承以告。

那是昨天放學的事情。

一名長相英俊、有著鷹勾鼻的男人推開了校長室的大門。

他的臉上掛著人畜無害的微笑，手上還拖著一個沉重的行李箱。

是隼。

看見隼忽然闖進校長室，原本還在辦公的校長內心浮現一絲怒氣。

他剛要開口詢問，隼就打開了行李箱，將一大堆鈔票稀里嘩啦地倒在校長的桌上，從桌上滑落的鈔票，頓時淹沒了校長的腳踝。

以賭博時都沒有的魄力，隼單手撐在桌上，將笑得有點恐怖的臉湊近校長。

「喂——校長，你們學校一年C班那個班導師，竟然不斷刁難我的寶貝女兒。我看他很不爽，只要開除那傢伙，這些錢都是你的。」

「怎、怎麼可能！我們學校才不會有那種老師！」

「就是有，我親眼看到了！」

校長沒有立刻被大量的金錢給動搖，而是根據長年以來的教職經驗，立刻開口維護校風。

隼卻比校長更加強硬，信誓旦旦的態度讓校長也產生了懷疑。
雖然懷疑，校長依舊牢牢守護自己的立場。
「就算是又怎麼樣!?你是想採取賄賂的形式，讓我開除一個可能只是犯了小錯的優秀職員嗎？」
「沒錯。」
「你憑什麼？」
「因為自從我女兒開始到這間小學、一年C班上課以來，每天我都攀爬窗戶旁邊那棵樹去旁觀他們上課。那老師在短短一個禮拜內刁難了我的寶貝女兒五十七次，我算得清清楚楚——五十七次!!」
「胡、胡說八道，就算真的有一棵樹長在教室旁邊，一年C班可是在三樓啊，你怎麼可能天天爬樹偷窺!?」
「愚蠢！就算教室在三十樓，我也會爬上去偷窺，看看我的女兒過得好不好！」
隼義正詞嚴，充滿神聖感地低喝。
「咕嘟」一聲吞下唾液，校長一時被對方的氣勢給震懾。
不管是這個男人那大剌剌、毫不羞恥地說出自己偷窺的詭異舉止，還是那將女兒被刁難的次數算得一清二楚的癖好，都讓校長完全不想與這個男人產生交集。
——要盡快跟這個男人劃清界線，這是校長第一時間下的決定。
但身為校長的威嚴，只使他退讓了半步。

「那個……先生？」

「我叫隼。」

「隼先生，你必須提出更多理由來說服我，否則我無法單就這樣對一個老師做出懲處，別說開除了，就連訓話都不行。」

「哦——」

隼指指桌上的錢，說著「這樣夠嗎」的同時，像是害怕對方緊張逃跑那樣，緊盯著校長的眼睛。

校長見這個「隼先生」竟然還想用錢收買自己，臉色迅速漲紅。

「我是一名教職者！不可能因為受到賄賂就……」

他一句話還沒說完，隼豎起手掌，阻斷了他的話。

接著隼小跑步前進，皮鞋踩出啪啦啪啦的聲音，跑到了校長室門口，又拖了一個行李箱進來，高高舉起，像下雨那樣把鈔票倒在校長的腿上。

傾倒的時候，鈔票發出了「嘩啦啦」的響聲。

「這樣夠了嗎？」

「我重申一次，我是一名教職……」

隼再次豎起手掌。

啪啦啪啦。

嘩啦啦。

然後提問。

「這樣夠了嗎？」

「隼先生，我必須強調，不管……」

豎起手掌。

啪啦啪啦。

嘩啦啦。

「這樣夠了嗎？」

「你這是在侮辱我！我告訴你，我身為……」

豎起手掌。

啪啦啪啦。

嘩啦啦。

「這樣夠了嗎？」

「……」

坐在黑色旋轉椅上的校長，現在半個人都被鈔票給淹沒了。

雖然為了增加高度，鈔票海裡面也混雜了許多小額的紙鈔，但粗略一算至少也有好幾億。

校長一輩子也沒被這麼多鈔票圍繞過，宛如小時候鈔票浴的夢想實現了似的。

「如何？用來開除那討厭的傢伙，這些夠不夠？」

「……」

「嗯？」

「……夠了。」

有錢能使鬼推磨，校長屈辱地閉目。

隼滿意地點點頭。

在離開校長室之前，隼像是想起了什麼，忽然回過頭。

「記得別讓我女兒知道這件事，不然她會罵我的。」

「……喔。」

「還有對我女兒好一點，她叫做櫻，什麼東西都給她用最好的就對了，不夠錢就找我拿。」

「……喔。」

「還有別讓男生隨便靠近她，發現疑似是戀愛對象的臭小鬼就趕緊開除掉。」

「……等等，小學是義務教育，我可不能隨意開除學生啊？」

「那就讓他轉學！笨蛋！」

最後的最後，趴在校長室門口，校長望著隼遠去的背影，心裡浮現了一句話。

——到底誰才是笨蛋啊？你這無可救藥的女兒控！

動物都有本能，人類也不例外。

與櫻同班的小學生們，在開學的一個月後，哪怕個性再怎麼粗枝大葉，也從櫻身上感受到了……會讓自己莫名產生近似於敬畏情緒的氣勢。

櫻在一言一行間流露出的成熟氣息，與那毫不掩飾、覺得周遭無聊透頂的表情，都讓任何人下了「絕對無法與這個人成為朋友」的結論。

而且，櫻在每項事物上都展現出壓倒性的才能，加上就是她迫使前任導師被開除的「傳聞」，導致她就像身上圍繞著光環那樣。對於同學們來說，櫻的光環顯然太過刺眼，讓他們完全無法直視這一位……理論上來說地位平等的同學。

所以櫻被孤立了。

唯一對她投以溫暖眼神的對象，就是爬樹在教室外偷看的隼。

但是，當某天櫻無聊地托腮往窗外看，卻意外與隼對上眼神時，她嚇得發出了尖叫。

「這個混帳老爸!!」

一邊發出這樣子的大喊聲，像是要宣洩出所有的怒火那樣，櫻捏著小小的拳頭站起，不知道從哪裡弄來了一支電鋸，無視隼的哀號，打算鋸倒這棵該死的樹。

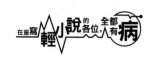

在鋸樹的過程中，隼當然不斷發出抗議。

「櫻，等一下！」

「……幹麼？」

櫻側頭望來的眼神很恐怖，在龐大的氣勢加成之下，隼產生自己比眼前的蘿莉還要渺小的錯覺，讓他猶豫了片刻。

但為了保護自己偷窺女兒的神木──隼私下把這棵位置絕佳的樹稱為「女兒樹」──隼還是鼓起勇氣進行抗爭。

於是他搖頭晃腦，發出「妳這傢伙果然還不懂事」的嘆息聲。

「唉唉，櫻……妳果然還小啊。」

「……什麼？」

「這棵破樹當然不值什麼錢了，整棵賣出去也不能讓我在賭場換幾個籌碼，但是呢──妳聽好了，這可是學校的公物！」

「……所以呢？」

「到了這個地步妳竟然還不懂嗎？我的女兒啊，妳的理解力怎麼忽然下降成凡人的水準了!?」

以誇張的姿態張開雙臂，隼展露出了不起的高姿態。

「櫻，像我們家範圍內的樹，妳高興鋸幾棵就鋸幾棵──但所謂的公物，因為是大家共有的，所以是不能隨便弄壞的。」

「……如果弄壞了呢？」

「弄壞要賠錢的！」

「那賠錢不就好了嗎？」

「妳、妳說什麼!?」

「我說，那『賠錢不就好了嗎』？」

櫻加重語氣，再次強調。

隼一聽之下，立刻拉下臉來。

啊啊……沒想到我也有擺出真正的父親姿態，來教導兒女「正確價值觀」的這一天啊。

這就是所謂的家教吧？

一邊在心中發出這樣的感嘆，隼的表情很嚴肅。

「吾女哦，給我聽好了！如果妳以為錢能夠解決一切的話，那妳就……」

「……」

隼一句話還沒說完，櫻就朝隼勾勾手指，示意他彎下腰來。

隼下意識彎腰。

接著，櫻抓住了隼的西裝上衣衣領，以帶著黑氣、隼從來沒有見識過的恐怖笑臉，對他壓低聲音說話。

「反正你不是賄賂了校長嗎？」

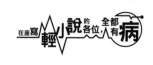

「妳、妳怎麼知道⁉」

「反正你不是用錢趕走了前任班導師嗎？照這樣子來看的話，錢能夠解決一切對吧？」

「嗚……」

明知道女兒的價值觀已經產生偏差，但隼偏偏沒有立場進行反駁。

剛剛好不容易升起、想要教導女兒走上正道的勇氣，也在櫻那帶著黑氣的笑臉中消失無蹤。

最後的最後，隼為了脫離櫻的氣勢壓迫，只好選擇妥協。

「啊哈哈哈哈……不愧是我的女兒啊！錢不能夠解決一切，但至少能解決這間學校內的問題——真是高明的手腕啊，就連我這個見過大風大浪的賭徒也要甘拜下風！」

「……」

「來來來，這棵樹鋸了就鋸了，賠錢就賠錢，那有什麼？讓我親自來動手！」

「……」

櫻愣了片刻，一時無言。

眼看隼接過自己手中的電鋸，真的就要動手鋸樹，櫻忍不住開口詢問：「隼，你剛剛不是說……大家共有的東西不能隨便弄壞嗎？」

「女兒啊，妳聽說過『吳剛伐桂』的典故吧？吳剛那傢伙正是因為每次伐木都中途放棄，所以才什麼都一事無成哦。」

「……」櫻再次無言。

於是在「嘰嘰嘰嘰嘰嘰嘰嘰——」的刺耳電鋸聲中，曾經被隼私稱為女兒樹的神木就這樣倒下了。

櫻看著那棵樹倒下，有些意外地搖搖頭。她的意外來自隼的輕易妥協。最後櫻抬起頭。

她看見了自無數教室中探出頭來的師生們，對自己投以畏懼的目光。

早已被校長打點的教師們自然不敢得罪這對父女，所以從頭到尾都沒有人阻止荒謬的鋸樹行為。

「……果然嗎？」櫻發出輕笑，「……果然沒有人敢來阻止嗎？其實只要有其他人站出來，在我面前說聲話，哪怕再怎麼膽怯也無所謂，我也不會真的鋸倒這棵樹。

「——看來，這所學校真的很無聊吶。」

雖然想阻止父親的變態行為，但櫻沒有氣到要鋸倒大樹這種地步。

她想藉由這棵樹測試的、想要明白的，是這所學校裡……有沒有值得多看一眼的傢伙存在。

——不畏表面上的強權，敢於糾正自己錯誤的人。

——如果有那樣子的人，即使自己是個詐欺師，也能與他成為朋友吧。

追根究柢，這個天才過了分的小小蘿莉，想得到的不過是「能平等對話的朋友」

而已。

高超的才能，無法緩解寂寞。

絕佳的天賦，使人備加孤獨。

櫻哼了一聲。

在拍了拍隼的手臂道別後（太矮了，拍不到背），她無視高處幾百雙注視自己的眼眸，緩緩地、獨自返回教室。

在踏上歸途的過程中，無比孤寂的感受襲上櫻的心頭。

……這樣啊。

……因為不普通，所以交不到朋友嗎？

……可是，從在賭場成長的那一刻起，自己就註定不普通……了吧？

櫻握緊拳頭。

在沒有人看見的地方，彷彿被孤寂所吞噬，櫻的眼淚在眼眶裡打轉。

……但是呢，果然還是好寂寞。

……好想要朋友。

……好想要朋友。

……好想要朋友。

在心裡重複無數次相同的話語，櫻的眼淚，最後終於流下。

一年C班，教室內。

「真的是……太過無趣了。」

與周遭喧鬧的環境顯得格格不入，坐在角落的櫻趴在桌上，以手指撥弄著鉛筆與橡皮擦，一副無聊的表情。

她將橡皮擦彈起又接住，試圖打發空餘的下課時間。

——將勝利視為理所當然，成為贏家早已變成習慣，加上不與任何人交談，這樣子的櫻，在周遭的人看來近乎高傲。

但她有高傲的本錢。

「……這種生活吶，簡直淡得像白開水……不，白開水有時候還能品嘗出甜味，但是現在的日子呢……無聊到會讓自身的存在感漸漸隱去。」

……就沒有值得關注的事嗎？

……沒有足以使自己激起熱情的東西嗎？

擁有奇蹟般的才能，什麼東西都是一學就會、一學就精，此刻的櫻最迫切需要的，或許僅是名為「挑戰性」的新鮮感。

這時候距離開學已經過去了幾個月，學校的老師們漸漸開始教導進一步的課程。

上課鈴聲響起後，走進教室的國文老師站在講臺前，發表了今天的上課內容。

「我們今天要來練習寫作文，至少五百字以上，題目是『我的家人』。大家有兩堂課的時間可以慢慢思考，遇到不會寫的字就查字典，大家加油。」

拋下了這樣的話語，國文老師甚至不進行任何作文方面的基礎教學，就直接宣布開始寫作。

照理來說，至少要講解教導「起、承、轉、合」四境的應用，不然對於寫作新手來說，大概會看著空白的稿紙發愣兩堂課。

「……？」

對於這樣的上課方式，櫻本來感到奇怪——但在她看見國文老師那帶著挑釁的目光後，一切問題都有了答案。

……想給我下馬威嗎？等到自己寫不出作文後，再以救世主般的高姿態降臨。

這個新來的、叫做鐵木的國文老師，外表看起來粗獷，但為人非常固執。

他似乎認為不管學生如何優秀，也必須無條件聽從師長的話。

所以說，櫻這種仗著才能出眾，在上課時自顧自地做著自己的事，隨興地發呆、看窗外風景的學生，簡直就是大逆不道。

在理解鐵木老師的用意後，櫻的嘴角卻勾起難得的笑意。

那是感受到久違的「挑戰性」重新湧回全身的笑容。

……這種感覺……真的是，太有趣了！

櫻當然也沒寫過作文。

但她閱讀過不少文學作品，在略作思索後，櫻花了二十分鐘時間，將一整張稿紙給寫滿，直接把稿紙拍到講桌上。

「老師，我完成了。」

「哦？」

鐵木瞪大雙眼。

確認稿紙上確實寫著密密麻麻的字，他相當吃驚。

櫻看出對方的驚訝，心中興起的「挑戰性」感頓時淡了幾分。

會因為這點小事而驚訝，大概也不是什麼強敵吧？

雙眼在稿紙上來回掃視，鐵木在看過櫻的作文後，沉默了許久。

他在心中做出如此的評價：

「這筆風……高雅而平穩，流暢感十足，讓人聯想到延綿不斷的壯闊花海，又或是跨越群山的大片彩虹，使人一見難忘……雖然細節處理略嫌生澀，不過對於格局的把握程度相當之高……完全不是小學生該有的寫作水平啊。

「更何況，這還是她……第一次寫作而已，如果再給她幾個月時間練習，又該厲害到什麼程度……這傢伙外表長得這麼可愛，卻有著使人心中生起無力感的恐怖才能……徹徹底底的怪物……」

鐵木的臉色變得難看起來。

面對立於低處、身高甚至不及自己腰部的櫻，他卻有了自己比對方矮小的錯覺。彷彿對方瞬間變成了巨人。

會產生這種錯覺，是因為在互相對峙時，櫻的氣勢實在太過龐大——那是藉由強悍的實力與無邊的自信……所膨脹、撐起的極端氣勢。

為了抵抗被對方氣勢壓倒的感受，鐵木努力直起腰，使自己不致出醜。

但鐵木所能做到的，也僅僅是保留表面上的尊嚴，如此而已。

因為在心裡產生「比對方矮小的錯覺」的剎那，他早就已經輸得一塌糊塗了。

「……」

櫻看出了對方的敗勢，臉上頓時浮現無法掩飾的失望。

本來還以為來勢洶洶的鐵木擁有挑戰者的資格，但現在看來，是自己錯了。

櫻失落地半閉眼睛，轉過身，走回自己的位子上。

「櫻同學，妳等一等！」

「？」櫻腳步停在走道上，緩緩回過頭。

她看見鐵木赤紅著臉，露出很不甘心的表情。

「櫻同學，妳的作文水平確實很厲害，但還是有不足之處啊。」

「啊？」

「我、我說妳的作文寫得不夠好！」

「……」

這次櫻真的感到驚訝了。

她萬萬沒想到，貌似下定決心的鐵木，竟然會說出這一番話來。

因為鐵木的辯解無異於自殺，或自取其辱。

櫻在寫完作文後大略檢查了一遍，明白依這篇作文的水平，就算拿去參加高中程度的作文比賽，大概也能輕鬆過關。

而櫻……只是小學一年級而已。

舉個比方來說吧，在小學一年級這個階段，一般人本來該表現出的作文實力是十，櫻已經一口氣表現出一百以上，而鐵木竟然還出言嫌棄。

再者，對於達到課堂目標的學生仍抱有成見，在教師的身分上，鐵木也完全不合格。

所以說，鐵木剛剛所說的「妳的作文寫得不夠好」這種話，任何人聽見了，都會覺得不可思議。

櫻也是如此認為。

所以她對於鐵木無異於自殺的行為，完全無法理解。

然而，在教室裡所有人的注視中，像是豁出了一切那樣，鐵木從講臺抽屜抽出了一本薄薄的書，輕輕放在桌面上。

以破釜沉舟般的毅力，鐵木頂著來自櫻視線的重壓，沉聲開口說話。

「櫻同學，看了這本書，妳就會瞭解了……」

鐵木說到這一頓。

「妳就會瞭解……為什麼我說妳寫得不夠好。」

櫻有了片刻恍神。

哪怕是身為詐欺師的她，也猜不透鐵木這時的盤算。

……是想拿某個大文豪的作品集，讓自己知道人外有人、天外有天嗎？

……還是說，那是鐵木曾經寫過的東西，想讓自己知曉與教師間的實力鴻溝？

前者，不合理——櫻只是初嘗寫作，如果現在就拿大文豪的作品與其相較，等於鐵木無形中承認了對方的實力，櫻是雖敗猶榮，反而更增長她的自信心。

後者，更不可能——在看了櫻的作品之後，鐵木就應該知道……櫻的寫作實力要追上自己只是時間問題，而且時間非常短暫。

心中轉過無數度量與猜測，櫻緩步走回講臺。

在雙方的猜忌中，她拿起了那本薄薄的書。

書的標題是《全國小學生文藝月刊》。

鐵木身體前傾，像即將全力前撲的野獸那樣，將目光牢牢鎖定在櫻身上。

「睜大妳的雙眼，仔細瞧瞧吧——妳那滿溢而出的自信，與從未輸給同齡人的傳聞，就由這本書來打破！」

——!!

鐵木身上本來已經幾乎被櫻給壓死的氣勢，竟然瞬間激昂起來。

好似已經燒盡的餘灰忽然再燃輝煌一樣，鐵木的異常反應……讓櫻覺得很不對勁。

……鐵木這傢伙究竟有什麼打算？《全國小學生文藝月刊》這本書裡面，有鐵木值得倚仗、視為底牌的事物存在嗎？

連櫻也猜不透。

然而，多餘的猜測與懷疑，在這時顯得無比累贅。

有時候，比起你猜我閃的心理算計，還不如光明正大……一口氣開牌決定勝負來得乾脆省事。

於是櫻極為謹慎、緩慢地翻開了《全國小學生文藝月刊》。

第一頁上，以極為華麗的美術設計，將今年參加「全國小學生作文大賽」的冠軍，其所寫的作文給刊登出來。

不知道是不是錯覺——就在翻開書頁的瞬間，櫻的頭髮全部飄揚了起來。

就像狂風迎面吹拂那樣，粉色的美麗秀髮直直地往後飄盪。

櫻只閱讀了十行字，原本粉嫩的小臉蛋表情馬上變了。

好強。

「……這個冠軍好強，簡直強得離譜……這是小學生水準的作文嗎？

「有條不紊的寫作功力，別出心裁的字句應用，堪稱模範的整體架構……穩健得宛如巍峨而立的參天巨木，將文字醞釀到最高點後，在起伏處又如氣勢驚人的通天

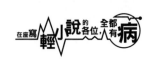

瀑布那樣……狂暴地順流而下，沖垮所有讀者的心理準備。

「將『起承轉合』四字發揮得淋漓盡致……厲害到常人難以望其項背，這個人竟然是小學生……？」

上面的一切臆測，櫻都只是在心裡想想。

但久候多時的鐵木，準確地捕捉到了櫻失神的那一瞬間。

「櫻同學，妳寫的作文當然也還算不錯。不過呢，如果放眼全國，與所有小學生來做比較的話，也只能處於『不錯』的階段罷了。」

已經拋出殺手鐧的鐵木，為了維持好不容易取得的上風，只好昧著良心做出這樣的發言。

其實在《全國小學生文藝月刊》裡，那冠軍的實力也是遙遙領先其餘小學生，第二名之後的得勝者……根本無法與其相提並論。

甚至有很大的可能性，以櫻剛剛交出的作文去投稿，就能直接把現任的第二名取而代之。

但——為了贏過櫻、壓制這名囂張學生的氣焰，鐵木不得不如此撒謊。

「所以我說，櫻同學……妳還是認真聽課，多練練吧。在厲害到可以超越所有人之前，沒有偷懶不上課的理由。

「順帶一提，這本《全國小學生文藝月刊》裡面的冠軍跟妳一樣……都是小學一年級的學生。他也跟妳同樣年紀而已……我這樣說，妳明白了嗎？」

「……」

聽了對方的話，好勝心極高的櫻瞳孔凝縮。

這一剎那，在鐵木的感覺裡，原本存在感無比高大的櫻，瞬息之間縮小了許多。恢復了原本蘿莉該有的姿態，櫻看起來是那麼的嬌小。

櫻略微低下頭，鐵木看不見她的表情。

「鐵木老師，這個小學生……叫做什麼名字？或有什麼筆名？」

「呃，小學生通常都是用真名參賽……他的作文右下角，有用小字標註他的名字。」

「……」

因為剛剛震驚過度沒有察覺到，這次，櫻準確地把視線落在對方的名字上。

「柳……」

「柳……天……雲……」

將冠軍的名字翻來覆去地念了許多次，櫻牢牢記住了這個名字。

「柳天雲……」

點點頭，櫻闔上《全國小學生文藝月刊》，然後轉過身，朝自己的座位走去。

「……」

於極端的沉寂中，鐵木注視著自己學生的背影——明明事情已經風平浪靜，他卻莫名地感到頭皮發麻。

——原來如此，她的氣勢並不是消失了，而是全部內斂……等到一口氣爆發出來時，將會比原本恐怖十倍。

……難道我不該這麼做？

鐵木略一哆嗦。

在那哆嗦中，他瞭解到一件事——

「我鐵木……或許激怒、喚醒了一個不得了的才能怪物吶。」

第四話　這世界寫作實在太落後！

所謂的天才，在經歷接連不斷的勝利後，自然而然會培養出屬於上位者的傲氣。

——我是不會輸的。

——能擊敗我的人，這世上不存在。

諸如之類。

然而，大多數天才都會被更加出眾的對手正面擊敗，於記憶中烙下鮮明的敗北標籤，在經過縮入殼中的陣痛期後，痛定思痛，最後才是真正進步的開始。

櫻也是如此。

在看過那個名為「柳天雲」的小學生的作品後，她足足兩個禮拜沒有在上課時發呆或玩耍。

她的桌上總是堆滿厚厚的作文參考書，以及用五顏六色記號標記過的大本字典。

這段期間內，櫻寫廢了一百四十張稿紙。

一百四十張稿紙，相當於每天十篇作文的量。

「……好像也不是很難。感覺我快學會了，寫作的技巧。」

盯著字典，櫻的雙目炯炯有神。

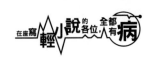

然後低頭繼續寫作。

支撐她維持如此龐大寫作能量的，說穿了，不過是虛無縹緲的好勝心。

她不想輸。

她想超越柳天雲，爭一口氣給鐵木看。哪怕只是作文方面……這種無關痛癢的敗北，身為常勝軍的櫻也絕不允許。

於是又兩個禮拜後，學習了整整一個月的櫻，再次站到鐵木的面前。

「……」

櫻踮起腳，在發現不夠高後趕緊拿椅子來踩，「啪」的一聲將自己寫的作文拍在鐵木的講臺上。

「鐵木老師，我已經超越柳天雲了。我確信已經贏過他了，麻煩你過目一下。」

鐵木吞了口口水。

但是，在看過櫻的作品後，他先是震驚，接著露出鬆一口氣的笑容。

那笑容讓櫻感到很不妙。

——不可能，鐵木為什麼還笑得出來？我明明已經超越柳天雲了！

在困惑與混亂中，櫻看見鐵木把一本封面略有不同的《全國小學生文藝月刊》放到桌上。

「這是這個月最新的《全國小學生文藝月刊》。櫻同學，妳自己看看吧，這比我說什麼都有用。」

《全國小學生文藝月刊》靜靜地躺在講臺上。

此刻這本書竟然散發出強烈的神祕氣息，讓櫻產生了罕見的膽怯。

在鼓起十足的勇氣後，櫻將《全國小學生文藝月刊》捧到手中，然後翻開。

——!!

櫻忍不住倒吸一口氣。

這個月「這篇作文真厲害」的第一名，依舊是柳天雲。

然而……柳天雲的實力卻遠超往昔。

「這、這傢伙竟然以不可思議的幅度……進化了！簡直像昇華到另一個境界那樣，他現在的筆力，簡直是深不可測！我本來以為他是長久接觸寫作，才會有上次技壓群雄的實力，現在看來……我錯了。會發生這種劇烈進步的現象，只有一種解釋——」

櫻心中雪亮。

身為絕世天才，她比誰都明白，「不可思議進化」這種現象會在什麼情況下發生。

那就是——如海綿般的天才接觸嶄新的事物，在瘋狂吸收新知識的時候！

毫無疑問，柳天雲這個小學一年級的學生，也是剛接觸寫作不久。

而且同樣都是在拚命學習寫作，這一個月內，柳天雲進步的幅度，甚至比櫻還要大。

「……」

有生以來第一次，櫻在心中對某人升起了「不可戰勝」的想法。

「嗚——呀——吼——」

隼一邊發出不甘心的大叫，一邊像蝦子那樣在地上扭動身軀。

哪怕地上鋪滿了高級紅地毯，這個男人的行為依舊非常不雅觀。

他的大叫聲傳遍了整座宅邸。

「竟然敢不選我女兒當冠軍!!我要把《全國小學生文藝月刊》的負責公司買下來，自己親自來篩選得獎者！可惡、可惡、可惡、可惡，那個柳什麼雲的一定是收買了評審，不然怎麼可能戰勝我們家那個天才、無敵、高傲又帶點嬌氣的櫻！」

女僕們站在門口，盯著隼奇怪的舉動，妳看我、我看妳，歪著腦袋露出「？」的表情。

這時忽然有粉櫻色的色調掠過她們眼前，一個嬌小的身影快速從她們中間穿過，走到隼旁邊蹲下，然後高高舉起手刀——

「給、我、適、可、而、止！」

手刀斬下，正中隼先生的腦袋。

「痛痛痛！啊……是櫻嗎？妳為什麼打我？我打算對這個不公不義的世界做出審判──」

「閉嘴，吵死了！多大的人了，整天在地上打滾，你丟不丟臉啊！」

「可、可是──」

「可是什麼啦!?」

「可是妳上次不是說那個《全國小學生文藝月刊》裡，有個叫柳什麼雲的比妳更厲害嗎？我認為評審一定被收買了，不然怎麼可能有人贏過我們家可愛的櫻──」

「你這變態女兒控，再說一句可愛，我就揍扁你！我明明就還沒投稿過，也沒說過柳天雲比我更厲害！」

「咦？可是根據我在學校收買的情報網，鐵木老師在教職員辦公室炫耀說，終於利用柳天雲壓制妳囂張的氣……」

「啊──我真的受夠了，什麼情報網啊，不是早叫你別做多餘的事嗎！」

「痛痛痛痛，妳幹麻又打我？」

「隼，不准你多管閒事！就算柳天雲比我更厲害，那也只是暫時的。給我一點時間，只要我投稿了，絕對能一次戰勝柳天雲那傢伙！」

「……喔喔。」

「你好敷衍，還有那是什麼表情，不相信我說的話嗎？」

「我相信，當然相信了！我們家可愛的櫻就跟神明一樣無所不能！」

「吵死了！別這樣胡亂誇獎自己的女兒啊！」

「好痛！」

除了跟隼一起出去賭博，櫻幾乎把所有空餘時間都用來寫作。

然而，在小學一年級這一整年之間，櫻的寫作實力雖然越來越強，但看著柳天雲每個月在《全國小學生文藝月刊》的得獎作品，她比誰都更瞭解……雙方的差距一點也沒縮小。

因為贏不了，所以她沒有出手投稿。

她追求的是老鷹一般的出擊方式。

像目光銳利的鷹那樣，在空中盤旋許久後，疾速俯衝捉起獵物，務求一擊致勝。

如果打草驚蛇了，獵物到處亂跑，有了警覺，反而會使情況變得更加糟糕。

升上小學二年級的櫻，依舊為了戰勝柳天雲而努力著。

從來沒有一段時光，讓櫻感覺自己這麼像一個凡人。

像凡人一樣，努力追求某樣事物。

像凡人一樣，為了達不到的目標而苦惱。

既辛苦又樂在其中，這段期間櫻過得非常充實。

當然，在家練習寫作時，房門口偶爾還是會出現不速之客。

那個不速之客往往會抱著櫻的大腿，一邊喊著「哆啦櫻夢，我又賭輸了多少多少，拜託幫幫我」，一邊抬起頭露出盼望的表情。

面對自家廢柴大人的沒用，櫻也只能嘆口氣，摸摸鼻子出去大賺一筆。

身為一個詐欺師、身為一個賭客，或者說……在任何方面，櫻從來沒有輸過。

所以說，在寫作之道上，有一個無法戰勝的對手，才會讓櫻覺得如此新鮮。

「那個……我說櫻。」

「啊？」

「口、口氣別這麼不好嘛。」

「你又隨便輸了好幾個億出去，我的口氣怎麼好得起來？」

「啊哈哈，俗話說十賭九輸不是嗎——」

「那你還賭！」

「哪怕勝算微小，即使前途渺茫，也願意等待勝利的一線曙光，這才是真正的賭徒。」

「別擅自把自己形容得這麼帥！明明遜斃了！」

「啊哈哈……不說這個了，所以要不要幫妳把《全國小學生文藝月刊》買下來？妳都努力一年了，買下來自己當冠軍比較快嘛。」

隼平常散漫的臉上，少見地帶上了認真。

這是他第二次提出這樣子的要求。

顯然女兒對於寫作的努力，與無法戰勝強敵的懊惱，他都看在眼中。

櫻敏銳地察覺了隼的變化。

對此，她還以相同程度的嚴肅。

「隼，不准你這樣做。我是認真的，我要堂堂正正地戰勝柳天雲。」

「……」

「？」

「……」

「？」

「嗤。」

「臭隼！我聽到你偷笑了！」

「不是不是，妳聽我說，哈哈哈……因為真的很好笑，一個詐欺師竟然宣稱要『堂堂正正』地去戰勝別人？」

「……不行嗎？」

「也不是不行啦……但是呢……」

隼摸了摸下巴，將頭仰靠在車子後座的椅背上。

他想了想，努力擺出父親的架子，肅穆地開口鼓舞櫻。

「既然這樣的話，絕對要贏喔——去證明妳比那個……柳什麼雲的還要厲害一百倍！」

對於隼看似鼓舞，又連對方名字都念不全的行為，櫻卻沒有嘲笑他。

最終，她十分認真地點點頭，並做出了回覆。

「那當然。」

但是，柳天雲真的太強了。

單純以寫作方面而論，他跟櫻同樣都是超出常識的怪物。

所以，一旦被柳天雲搶先起跑，慢了一點點才邁步的櫻，怎麼樣也趕不上他。

小學升上二年級後，一個月過去了。

兩個月過去了。

三個月過去了。

整個二年級上學期的時光轉瞬而逝，櫻雖然修煉得相當勤奮，但距離柳天雲總是差那麼一點點。

雖然只是一點點，卻意味著……令人無法定下心來的勝負差。

——難道我真的沒辦法超越柳天雲？

櫻開始有點不安，「我方必勝」的人生價值觀受到劇烈衝擊，內心開始不斷動搖。

但能夠戰勝這個人生中唯一強敵的機會——在小學二年級下學期時，忽然出現了。

「……這是……」

這個月月初，櫻習慣性地翻開新一期的《全國小學生文藝月刊》時，忽然發現不對勁的地方。

雖然柳天雲依舊獨霸榜首，但這次的勝利……卻與過去那無數次的得勝，有了些許不同。

「好奇怪……這次的作文題目是『虛擬與真實』，雖然題目有點難，但是柳天雲表現出來的實力竟然只有這樣？當然這樣子的實力也足夠輕鬆擊敗第二名以後的小學生，但不該是這樣的……柳天雲的文筆應該要更犀利、更精彩、更放蕩不羈……展現出超越常識的風格來。」

櫻感到納悶。

過去每次翻開《全國小學生文藝月刊》，櫻都可以看到柳天雲在寫作之道上取得的巨大進步。

舉個例子好了，如果硬是要將實力數據化，那每過一個月，柳天雲的實力至少會增強百分之十。

但這一次，月刊上「虛擬與真實」這道全國性的作文題目……在櫻看來，柳天雲的進步卻微乎其微，甚至可以說完全沒有。

「會不會是柳天雲不擅長這種題目？還是說他課業繁忙，所以沒有太多時間來準備這篇作文，只是匆匆寫完呢？唔……」

哪怕是以櫻的聰明才智，依然無法找出解答。

所以她只能等，等待時間……等待下個月的《全國小學生文藝月刊》來告訴她答案。

又過了一個月。

這次的《全國小學生文藝月刊》新一輪的作文題目是「長話短說，短話長說」。

這回柳天雲依舊輕鬆取勝，但櫻在細讀完柳天雲的作品後，卻氣得渾身發抖。

「不是錯覺！他根本就沒有進步！不，與其說沒有進步，不如說比上一次還弱！在搞什麼鬼啊——柳天雲這傢伙——」

那天回家的櫻，氣得吃不下蘋果。

相當喜歡紅色、每天都會吃蘋果的她，今天卻感到食不下嚥。

將困窘與困惑轉為寫作動力，櫻生氣地坐在書桌前面寫作。

她已經下定了決心——下次一定要給柳天雲好看。

當初櫻與柳天雲兩人都還在急速進步時，櫻怎麼追也追不上柳天雲。

就好像兩個跑步速度相同的人，只要前面的人不減速，在後者永遠也別想迎頭趕上，這是一樣的道理。

只是……

只是柳天雲主動減速了。

因為某種不明的原因，他的進步幅度確確實實地慢下來了。

「快追上了……就差一點……」

櫻能隱約感受到兩者的實力差距越來越近。

現階段的柳天雲……對於櫻而言，不再是遙不可及的高山，而是加把勁就能越過的小山坡。

如果將時間拉回半年前，對當時的櫻來說——走在前方的柳天雲，就好像遠處一道模模糊糊的虛影，再怎麼追趕也無法拉近距離。

然而，由於柳天雲停滯不前，櫻急起直追，兩人的間距不斷縮小——到了今天，柳天雲的整個身影已經暴露在櫻的視野中。

「柳天雲……哼，雖然不知道你為什麼進步緩慢，但我可不會手下留情。等到我實力徹底超越你的那天，也就是我初次投稿的時候！」

某天放學，櫻在家中大廳吃著蘋果、閱讀文學雜誌。

大廳裡擺飾奢華，每樣家具都明擺著在訴說「我是暴發戶」這樣的訊息，哪怕排列起來毫無美感也無所謂，對隼來說只要貴就是好東西。

就在這時，鑲滿奇怪寶石的大廳門「咿呀」一聲被推開，幾名女僕走了進來。

女僕們手中都抱著高得像山一樣的相簿，走起路來搖搖晃晃的。

「……怎麼這麼多相簿？」

好奇之下，櫻招招手叫她們過來。

「那個，我可以看看妳們手上的東西嗎？」

「——不行！」

回答的人不是女僕。

而是從二樓的樓梯扶手上一口氣溜下、衝到女僕面前站成「大」字形保護東西的隼。

櫻斜眼向隼看去。

「……隼，你又在搞什麼鬼？」

「哈哈哈什麼也沒有喔，櫻真的是太多心了，偶爾也該信任一下別人嘛——」

「……那你為什麼站成大字形阻攔，一副『想通過這裡必須踏過我的屍體』的模樣？」

「那個啊……該怎麼說，張飛為了守住當陽橋，不也是勇敢地一人面對千軍萬馬嗎？」

「拿我跟古代的大軍相提並論，我在你心目中到底多恐怖啊！」

「哈哈哈那怎麼可能，櫻是我的寶貝女兒嘛。」

櫻站到隼的面前。

一高一矮的兩人彼此對視。隼想要守護在背後的東西，櫻直覺感到不對想要查看，局面頓時僵持不下。

但是，這種僵持不下也只是一瞬間而已。

在櫻像是能看透一切的冷靜雙目審視下，隼最後哭喪著臉，選擇了屈服。

「好、好吧！讓妳看吧，但要答應我，不能破壞這些東西哦。」

「我視情況考慮考慮。」

「……」

對於「老爺」跟「大小姐」的抗爭，大小姐會勝出，女僕們並不意外。

並不是老爺太弱（雖然有時候氣場真的很弱），而是大小姐太過強勢。

如果剛剛堅守不退的隼有張飛般的守護戰力，那櫻的進攻力至少也五倍於呂布，前者被秒殺也是理所當然。

但是，在女僕們心目中有如戰神的櫻，在翻開那堆相冊後，很快發出了讓人於心不忍的慘叫聲。

「咿啊啊啊啊啊啊啊啊啊啊——!?這些都是什麼鬼東西——!?」

那是近乎理智崩毀的慘叫聲。

「隼——給我回答!!」

猛然轉過頭，以完全破壞了美貌的憤怒表情，櫻朝自己的父親大喊。

會這麼生氣——原因無他。

因為那些相簿是櫻從小學入學的第一天、到現在的上學生活全紀錄。

第一次的開學典禮、第一次坐在座位上、第一次在學校用餐、第一次在學校上課、第一次去上廁所、第一次翻開課本、第一次打哈欠、第一次在體育課百公尺跑步測驗拿到第一、第一次以壓倒性的姿態說服老師、第一次在上課發呆、第一次在上課時偷吃洋芋片、第一次因為交不到朋友而露出無所謂的表情……

每張相片的背面還詳細標註了櫻當時的生活狀態。

「你這傢伙是變態吧！給我抱著這堆相片去死！」

櫻漲紅著臉大喊。

而隼毫不猶豫地以更高的聲量喊了回去。

「因為櫻太有拍攝價值了，這也是沒辦法的事啊！」

「所以我說到底怎麼拍的啊!?之前窗戶旁那棵樹不是鋸斷了嗎!?」

「哦哦，我請十名專家用無人空拍機拍攝照片，雖然費用貴了點，不過照片品質還不錯。」

「所以我說你的腦袋到底是什麼做的啊？一般人會想幹這種事嗎？」

「我說了呀，這也是沒辦法的事，我是有苦衷的……所以原諒我吧，櫻。」

隼說得理直氣壯。

他一臉「我有苦衷，所以請原諒我」的模樣，讓櫻氣到粉櫻色的頭髮似乎都要飄起來。

櫻緊握雙拳，以顫抖的氣音從齒縫裡發言。

「好……好……好……既然你有苦衷，那我就給你一句話的時間解釋。」

「哼，原因不是明擺著的嗎？」

隼環抱雙臂，露出自信滿滿的笑容。

於是，他以旁人完全無法懷疑的強烈語氣，做出了解釋。

「——因為我的女兒實在太可愛了，所以我必須拍。也就是說……」

「嗚噗！」

隼長篇大論的發言還沒說完，立刻被迫中止。

因為櫻的拳頭已經打在他的肚子上。

「……妳好暴力，櫻！」

「囉唆！誰教你動不動就做出變態的行為！」

「不過這樣子的櫻，我也喜歡。」

「你究竟要變態到什麼程度啊!?」

櫻簡直要被隼給氣死，為了讓自己不至於形象全失，她決定遠離這個傢伙。

氣呼呼地鼓著粉頰，櫻抱起桌上的整籃蘋果，踩著小腳步「躂躂躂」地跑上樓。

「……!!」

然而，就在櫻剛走到樓梯轉角處時——

在極短的時間內，一道極為驚人的想法，如暴烈的雷電般劈入她的內心深處。

那想法是如此使人驚恐，如此地震懾人心，讓櫻露出了無法置信的表情，手中的蘋果籃也隨之掉落，鮮紅的大蘋果滾落一地。

「難道……難道說……」

她回頭看向捧著小山般的相簿、正要遠去的女僕。

接著，櫻絲毫不顧形象地大步跳躍，速度快到洋裝的裙底都隨之飛起，她以一生從來沒有過的高速追上那群女僕。

「哈……哈……哈……」

櫻扶著膝蓋喘氣，擋在女僕們的面前，然後無比認真地朝她們開口：「把我剛剛翻過的那幾本相簿……送到我的房間來。」

櫻的房間內，「啪啦啪啦」的翻閱聲非常急促。

幾乎半個房間都被軟綿綿的大床給占滿，粉櫻色的床上布滿了動物玩偶跟枕頭，四處可見相當孩子氣的擺設。

而櫻本人——坐在床上，著急地不斷翻著某幾本相簿。

那幾本相簿上都是剛入學的自己，每一張都拍得十分清晰，可以輕易辨認出慵懶、不耐、憤怒等各式表情。

而其中，出現最多的表情……就是「無聊」。

窮極無聊。

無聊到彷彿找不到生活的意義。

但這份無聊背後卻有名正言順的理由——因為櫻幾乎可稱為「才能」、「幸運」、「勝利」等詞的集合體，相貌……錢財……課業……人際關係……只要她想得到手，普通人苦苦追尋一輩子也未可得的事物，對櫻來說，卻盡是信手拈來之物。

連在充滿老奸巨猾的賭鬼的賭場上，櫻也從未嘗過一敗。

正是因為實力太強，不需要付出任何努力就能戰勝一切，所以自然而然地鬆懈之後，露出的表情就是「對人生感到無聊透頂」。

櫻自從接觸寫作之後，因為有柳天雲這個目標可以追逐，所以無聊的次數漸漸少了，最近一年以來……甚至快要淡忘以前的自己是什麼模樣。

然而，透過之前的照片，櫻重新看見以前那個充滿無聊與寂寞感的自己——藉著這點做為突破口，櫻終於想通了一個長久以來不斷困擾她的問題。

「我明白了……柳天雲實力停滯不前的原因……

「在寫作之道上，他太強了……就跟以前的我一樣……當前方長期沒有目標可以追逐，感覺到身為天才的孤獨……擁抱無比的空虛，前進的腳步自然會變得越來越慵懶……甚至原地停下休息。」

想到這裡，櫻沉默片刻。

在思考過後，她忽然又明白了一件事：「或許，柳天雲之所以停下並不只是因為慵懶……而是在他的潛意識裡，深刻理解到再這樣下去，他將會越來越強，永遠陷入無聊的惡性循環，所以就算他本人沒察覺到……他也依舊慢了下來——因為他在等待有人迎頭趕上。」

櫻闔上相簿，眼神慢慢變得銳利。

「等待……與他不分上下的命中宿敵出現！」

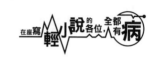

第五話 深表遺憾，我女兒狂起來連自己都怕

「真囂張吶，柳天雲。簡直就跟過去的我一樣。有機會的話，還真想看看現實中的你……究竟是什麼模樣。」

在櫻的構想裡，現實中的柳天雲肯定是高高瘦瘦、戴著鏡片會反光的細框眼鏡，渾身上下都充滿書卷氣息的那類人。

能寫出具有獨特價值觀的作文，想必也是那種對什麼都拿手的天才吧。

但是就算同為天才，寫作的才能也並駕齊驅，櫻依舊擁有極大的優勢。

因為現在的櫻，還沒有投稿過。

換句話說，柳天雲對「櫻」這個人的存在一無所知。

而櫻卻能透過柳天雲得獎的文章，一點一滴地去分析他的實力，藉此明白雙方的差距還有多少。

「柳天雲……既然你如此無聊，那我就讓你嘗嘗……從高處勝利者的位子跌下、摔得眼冒金星的滋味！到了那時，想必你就不會無聊了吧。」

在辛勤的苦練中，櫻小學二年級的學年結束了。

眾人迎來了嶄新的一年，嶄新的學期……與嶄新的課程。

櫻花散飛的開學日剛過去不久，櫻穿著三年級學生略有修改過的校服，俯身在桌子上持續寫作。

越是寫，她的眼神越是明亮。

在完成作品後，她呼出鬆了一口氣的長氣。

「很好，這篇寫得非常完美……我可以確定，這篇作文跟前幾天柳天雲的得獎作品實力已經不相上下。也就是說……下個月，就是決勝時刻！」

X市，Y區，Z大樓。

Z大樓是一棟足有三十層的豪華大樓，每一層的空間都極為遼闊，一般都租給企業或小型公司做為營業據點之用。

而在第十七層，正是發行《全國小學生文藝月刊》的營業總部。

寬廣的空間裡，四處可見桌上型電腦與筆記型電腦，許多編輯與辦公人員坐在格局整齊的辦公室裡，偶爾開口商量工作上的事情。

在最居中的位置，一塊最大的地方，那裡有著總編輯的辦公桌。

此刻，留著洋蔥般髮型的總編輯正坐在位子上喝著黑咖啡。

他在等待手下的編輯們來彙報結果。

為了提倡文風，政府提供了大量的資金援助《全國小學生文藝月刊》。由於獎金豐厚，每個月都會有數萬名小學生將自己的作文投稿到這裡來。

當然作文比賽有很多，《全國小學生文藝月刊》只是其中之一，不過《全國小學生文藝月刊》在各比賽中依舊算是大宗。

在選出當月作文最為優異的小學生後，經編輯實地拜訪確認是小學生本人所寫，就會加上美術與文稿廣加印製，並發行到各地去。

由於參加的人多，看的家長也多，所以總編輯的工作量本該十分繁重——至少兩年前都是這樣——

但是，前年出現了一名怪物……柳天雲。

哪怕在這些看遍各地寫作天才的編輯來看，這個名為柳天雲的少年，也依舊是個不折不扣的怪物。

以誇張的實力擊敗所有人，毫無懸念地強勢登臨王座——這就是柳天雲。

在他參賽之後，足足二十多期的《全國小學生文藝月刊》第一名的寶座……只屬於這位長勝王者。

本來第一名的篩選就最為困難，但柳天雲強到離譜的寫作實力替編輯們解決了這個煩惱——所以無形中，大家工作的速度加快了許多。

洋蔥頭總編輯蹺著二郎腿，漫不經心地往後搖晃自己的辦公椅。

「自從兩年前開始，我就不用煩惱那麼多了。雖然對其他小學生參賽者來說，柳天雲簡直是噩夢……但對我而言，柳天雲那傢伙越強越好，這樣就不用煩惱第一名該選誰了。哼哼……我也真是惡劣呢，竟然會有這種想法。」

洋蔥頭總編輯將黑咖啡一口氣喝乾。

就像點燃了某種信號那樣，他底下的編輯們此刻也完成了各自的作業，紛紛聚到他的桌前。

「哦？縣級作文比賽的審稿你們做完了嗎？這次也按照慣例，把柳天雲得勝的版面寫大一點，用文字造神把他吹噓得誇張一點，那些每次都落選的家長們就不會總是打電話來抗議了。」

總編輯說著笑了笑。

然後，他的笑容消失了。

因為他察覺到這些工作夥伴的表情……很不對勁。

就像看到什麼不可思議的事情發生了那樣，每個編輯的臉上都殘留著揮之不去的震驚。

「你們是怎麼了？」

「總、總編輯……審稿的結果出來了……」

一名資深編輯緩步上前，結結巴巴地向總編輯開口解釋。

在聽完他下一句話後，總編輯的表情變得與他們一模一樣。

「這、這次……審稿結果的冠軍，不是柳天雲。」

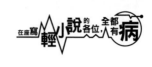

「你說什麼!?」

咖啡杯自手中跌落。

然後如同所有人「認為柳天雲會贏」的盼望那樣，摔得粉身碎骨。

柳天雲連霸《全國小學生文藝月刊》兩年後，筆名為「晨曦」的神祕高手出現了，第一次參賽就打破柳天雲的不敗神話，讓所有關心國內文學比賽的人們都無比震驚。

「聽說了嗎？這次的比賽柳天雲輸了！」

「怎、怎麼可能？你是說那個參加各式大大小小作文類比賽，從來沒有敗過、只拿過冠軍的柳天雲？」

「我家的孩子呢，之前在第七個月投稿時放棄參賽了，當時他一臉沮喪地對我說『只要柳天雲還在，其他人是不可能獲勝的』……這樣的柳天雲，竟然輸給別人了？」

「能將柳天雲從王座扯下，那個筆名叫『晨曦』的小學生……實力究竟強到什麼地步？」

「快快快，我們去買這一期的《全國小學生文藝月刊》！」

洋蔥頭總編輯的行銷策略生效了。

在咖啡杯摔碎後，他花了半個小時的時間冷靜下來，接著瞭解到這個消息……猶如足以拔起高山的劇烈風暴，會一口氣席捲所有讀者的內心深處，使他們嚇得合不攏嘴巴。

如此難得的機會當然要好好利用，在當月發售的月刊上，他以極度誇張的頁面刊頭來介紹「晨曦」這名新銳寫手，柳天雲初次戰敗的消息也被重點圈出，讓這個嚇人的消息能傳得比原本更遠。

於是，當期的《全國小學生文藝月刊》比原本熱銷十倍。

而身為晨曦本人的櫻——則是坐在家中的客廳，用牙籤叉著切塊蘋果吃，另一隻手翻閱著洋蔥頭總編輯所寫的「晨曦專欄」。

「……什麼呀？光是猜測我的筆名由來就花了兩千多字的篇幅？這還是寫作月刊嗎，怎麼讀起來好像八卦雜誌？」

櫻有點傻眼。

被吹捧上天的結果，就是她註定成為另一個神話。

不管勇者之前如何默默無名，只要擊敗了任何人都無法企及的魔王，那勇者的名氣自然會在瞬間傳遍大街小巷，這是相同的道理。

「呼嗯……大家這麼好奇筆名由來嗎？其實也沒什麼啦，只是我在寫投稿作品的那天，寫完後剛好看見太陽昇起而已。而清晨的陽光，也就是晨曦囉。」

櫻從鼻端發出哼哼的笑。

她是如此認為的。

但是，「晨曦」這個筆名的由來，其實連櫻自己本人，都只模模糊糊地領略到一半涵義。

或許是在倔強的性格暈染下，那另一半的涵義才會變得如此模糊吧。

在接觸寫作、嘗試與柳天雲競爭後，櫻就變得相當開朗，笑容也多了起來，只是這些變化……甚至連她自己本人都沒有發現。

全心全意沉浸在寫作中的人，能發現的外界變化往往很少。

柳天雲的出現，對櫻來說意義重大。

單是將櫻從可怕的、名為「無聊深淵」的地方拉出，這行為本身就代表著莫大的救贖。

——如果讓櫻在各個領域一直保持無敵……如果柳天雲沒有出現，在長期驕縱自滿之下，她想必會成長為輕視一切的糟糕大人吧。

到了那時候，全世界除了隼之外的人，雖然在櫻的才能之下會選擇屈服順從，但絕不會想與這個驕傲的公主有所接觸。

僅在潛意識中明白、理解這個事實，並對柳天雲產生難以言表的在意的櫻，在人生的十字路口轉了個彎……走向新的人生後，受潛意識影響，最後才決定將筆名取為「晨曦」。

因為——晨曦，同時亦象徵著「嶄新的開始」。

哪怕不是在太陽昇起的剎那完成作品，櫻也依舊會如此取名。

但不想承認柳天雲有多麼重要，只嚷嚷著「柳天雲是一個值得擊敗的傢伙」的櫻，由於不願坦承重要的筆名竟然源於對方，善於騙人的詐欺師天性給了自己另一個解釋。

「因為太陽剛好昇起，嗯，所以我取叫晨曦，絕對沒有別的理由……絕對……沒有別的理由！」

櫻將剩下的切塊蘋果全部塞入口中，雙頰鼓鼓的就像松鼠一樣。

「……」

這一刻的她，忽然感到胸口有點發悶。

小學三年級的柳天雲獨自坐在教室的角落裡。

他手中捏著剛用零用錢買來的、最新一期的《全國小學生文藝月刊》，表情有點錯愕。

「……我竟然輸了？這次還只是縣級比賽而已。這個叫晨曦的人是誰呀？筆名聽起來好秀氣，難道是女孩子。」

細讀晨曦所寫的作文後，柳天雲的表情立刻產生了變化。

——!!

彷彿無數驚嘆號直衝腦門那樣，柳天雲翻書的雙手開始顫抖。

「……好強！筆風高雅而流暢，強大的文字意境直衝人心……光是閱讀這篇文章，讀者就像被徹底洗滌過心靈一樣，既平靜又祥和，讓人嘴角忍不住掛起微笑。小學生裡……居然有這種厲害的傢伙存在！」

柳天雲作夢也想不到，這個對手是在自己一次又一次的得勝中無形培養的。

他感到有些恍惚，吃了敗仗的事實彷彿一場夢境，使他幾乎無法置信自己身處現實。

這個筆名為「晨曦」的強者，寫作實力之厲害，連柳天雲都感到……彷彿被逼到了懸崖邊緣那樣，來自後方的壓力無比龐大。

過了許久。

許久……

「哼哼哼哼……」

柳天雲的意識終於從現實與恍惚的縫隙抽離。

卻笑了。

「哈哈哈哈……哈哈哈哈哈哈哈哈哈哈哈……哈哈哈哈哈哈哈哈哈哈哈哈哈哈哈哈……」

忍不住在教室內按著臉仰天大笑，雖然引起了所有人的注意，但柳天雲根本不在乎。

「——這不是很好嗎？有趣、有趣……有趣極了！把我逼到了懸崖邊緣嗎？」

柳天雲蓋在臉上的手掌慢慢蜷曲，一對眼睛從指縫中露出。

「很好！我柳天雲……不會再輸了。這回……就是我第一次，也是最後一次將冠軍的寶座拱手讓人！」

然而柳天雲又輸了。

雖然不是一直連敗，而是跟晨曦互相超越，輪流拿到冠軍，但柳天雲還是有輸。

一邊大喊著「不可能！絕對不可能！我明明已經立下少年漫畫般的超級豪語，照理來說就不會再輸了才對啊!?」柳天雲因為輸掉比賽而氣得滿地打滾。

堪稱棋逢敵手。

可謂將遇良才。

與晨曦的一次次對決產生了火花效應，使得雙方的實力都在飛速成長。

輸的那一方因為不甘心，很快就會在下個月再贏回來，如此不斷循環。

單就寫作才能而言，柳天雲與櫻不分上下，所以在陷入寫作比賽的纏鬥後，頓時成為長期的僵持戰。

「不可能！我這個月怎麼又輸了，明明做好萬全準備了！」

「啊啊……是這樣啊，強者註定要面臨上天的試煉……肯定是這樣沒錯！但是呢，連海格力士也只接受十二道試煉而已，我柳天雲……大大大小的比賽加起來已經輸給晨曦十二次了，所以不可能再輸了吧。

「沒錯——我從下個月開始，絕對不會再輸了——!!哈哈哈哈哈哈哈——」

櫻打了個哈欠。

躺在蘋果糖抱枕上的她，朝天花板伸直細細白白的小腿。

「這個月又贏了呢。我算算……」

櫻扳動手指慢慢計算，最後發現手指數量不夠多，又屈了三根腳趾後，她得出了結論。

「這半年以來，贏了柳天雲十三次了。除了《全國小學生文藝月刊》之外，其他大小型的比賽也不再是他一人獨霸，這應該算好現象吧？」

一名女僕在此時敲門進房。

她將不同雜誌的得獎刊物交給櫻。雜誌封面的冠軍標誌設計得極為絢麗，而冠軍框框裡面填著「晨曦」兩字。

「大小姐，恭喜您。您又贏過那個柳天雲了呢。」

女僕微微躬身向櫻道賀。

櫻偏頭看向她，笑得露出了小小的虎牙。

「喔喔！謝謝妳，桃桃！」

那笑容讓女僕一時看呆了。

女僕們都是由隼親自挑選而出的美女——就像賭場的荷官也都請美女一樣，這是他的小小堅持——所以女僕桃桃本身容貌也相當出眾……然而，在看見櫻的笑容後，她還是呆住了。

那份驚愕，有大半是因為櫻出類拔萃的容貌。笑起來的櫻，魅力足以軟化任何生氣的對象。

而剩下的一小半，是源於櫻的笑容本身。

……一直露出無聊表情，幾乎整天板著臉孔的櫻大小姐……竟然笑得這麼開心？

……是那個叫做柳天雲的人……改變了櫻大小姐嗎？

太過開心的櫻沒有捕捉到女僕複雜的眼神。

她將雙腿再次舉高，踩著空氣腳踏車藉此保持完美曲線，一邊心血來潮似地向女僕隨口發問。

「那、那個……我問妳喔！」

「大小姐請說。」

「就是那個……只要有柳天雲的比賽，我也會跟著參加，會不會被別人誤會什麼呀？」

「咦？」

「也就是說，我怕被別人認為我是因為柳天雲的關係，去刻意參賽的。」

「……？」

女僕桃桃細細的眉毛揚了起來。

在她看來，那是十分明顯的事──有幾個報名條件過多、柳天雲懶得報名的寫作比賽，全都看不到「晨曦」這個新任王者候補的身影，這完全不是一句輕描淡寫的「巧合」能帶過的。

比起「巧合」這種胡亂塞就的詞彙，不如說非常容易推敲出事實。晨曦與柳天雲這兩人的爭戰，已經吸引了全國關注寫作界的人的目光，當然也會有許多人理解到這一點。

所以在聽見櫻大小姐做出否認，說怕被別人誤會後，女僕困惑地揚起了眉毛。

「大小姐，您難道不是因為柳天雲才去參賽的嗎？」

「那、那怎麼可能！」

櫻踩著空氣腳踏車的步伐忽然嚴重停頓。

接著身體一歪，她的腿從空中落下，以背向女僕的姿勢側躺著。

「柳天雲那傢伙……那傢伙也不過就是稍微對寫作拿手一點……一點也不重要，我為什麼非得被冠上『因為他而刻意去參賽』的奇怪理由不可啊!?」

「原來如此，大小姐，我明白了。」

「啊啊……妳明白就好。」

「既然大小姐對柳天雲那個人並不在意，那麼……看來『那些東西』也派不上用場了。」

「唔？」

櫻翻轉身體，用手肘半撐起身體看向桃桃。

「妳說的那些東西是什麼？」

「也沒什麼，只不過是柳天雲那個不被任何人重視的傢伙，在出道初期被一些冷門雜誌評論的文章剪輯罷了。上面有一些關於他的評語，不過就跟他本人一樣，一點也不重要。」

「咦……？咦咦！有那種東西!?」

「有的。」

「唔……」

「咳，大小姐，那麼我先告退了。那些『不重要』的柳天雲文章剪輯，我就丟去垃圾箱裡了。」

女僕桃桃朝櫻深深一鞠躬，接著忍住憋笑的表情，故意慢慢往門口走去。

接著，果然如她所預料的——這個從來沒有人能夠理解下一步行動的神祕小主人——從喉嚨裡發出了不甘心的咕噥聲。

然後開口說話。

「那個……等一下，桃桃！」

「大小姐有什麼吩咐？」

「那些有關柳天雲的文章，還是拿來給我看好了。」

「咦？大小姐您不是說不重要嗎？避免主人接收垃圾資訊也是女僕的天職，我看還是丟進垃圾箱比較好。」

說完後，桃桃再次鞠躬，這次故意加快腳步往門口走去。

「等一下啦！桃桃！」

「嗯？」

桃桃再次轉過身。

這次櫻把她憋笑的表情看得一清二楚，一股想讓人挖個地洞鑽下去的火燒感瞬間蔓延她的全身。

「……我說我要看啦！桃桃妳壞死了！壞死了！壞死了！」

被迫坦承心緒，滿臉通紅的櫻一邊絲毫不顧形象地大喊，一邊將一堆枕頭扔向了女僕桃桃。

一次又一次。

一年又一年。

櫻與柳天雲如同命中宿敵般的交戰，就這樣持續了好多年。

在這些年裡，每當需要領獎時，都是由隼跟女僕桃桃去代領。

「櫻，我實在搞不懂，妳為什麼總是不肯出席領獎呢？」

隼很納悶。

只有同為女孩子的女僕桃桃，隱隱約約地察覺到了櫻的心情。

——大小姐與柳天雲，雙方以筆會友、以戰交心，已經維持了許多年。

——藉由閱讀對方的文章，在心中自由奔放地對這個敵人兼好友進行聯想，想必各自的心中……早已勾勒出屬於「柳天雲心中的晨曦」，與「櫻心中的柳天雲」這兩種虛幻形象。

——慣於以文字進行交際的人，如果實際碰面了，肯定會產生相當程度的尷尬，甚至會因為對彼此認知的不同，產生意料之外的變化吧。

很多時候，在與多年不見的老友見面時，會覺得對方染上了陌生的氣息，不再像之前那樣容易親近。

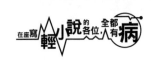

而櫻與柳天雲的情況比這種情境更加嚴苛，因為他們心目中的對方……僅僅是空想而出，優秀到不容許一絲雜質介入。

所以，當初面對隼「為什麼都不肯出席領獎」的提問，櫻在偏頭想了想後，做出了回答。

「隼，這個你不用管。」

「……什麼啊？我可是妳的老爸，為什麼我不能管？」

「哼，反正隼你的心態大概也就是『啊啊，我要在頒獎典禮上當眾炫耀我可愛的女兒』之類的吧，煩死了！」

「妳、妳怎麼知道，妳會讀心術嗎？」

「你的想法全都寫在臉上了好嗎！」

「胡說！我一個職業賭徒怎麼可能把心情寫在臉上！桃桃，妳來說一句公道話，我有這樣嗎？」

「……老爺，坦白說你每次提到大小姐時，都會露出很陶醉的表情，看起來有點噁心，讓人不想接近。」

隼的表情變了又變。

最後他抱住頭，淒厲地發出大吼。

「不可能！我對女兒的愛竟然被人稱為噁心，我不能接受！啊啊啊啊……對了，問題絕對不是出在我身上，一切都是讓我女兒不肯出席的那個柳天雲的錯！」

「誰、誰因為柳天雲才不肯出席呀？你不要自顧自地理解到奇怪的方向去好嗎？」

「……妳為什麼這麼慌張!?難道昨天另一個女僕偷偷告訴我的這個消息是真的!?」

「吵死了！才不是真的！」

「那妳坦白說，我跟柳天雲誰比較重要？」

「唔？」

櫻猶豫了。

她的猶豫讓隼瞬間崩潰，臉上的青筋一口氣冒起。

「呃啊，我要把柳天雲周遭的人全部收買，讓他嘗嘗地獄般的痛苦——!!哈哈哈哈哈哈——嗚噗！」

櫻往隼的肚子上打了一拳，發出「砰」的一聲。

「吵死了！給我閉嘴！」

在後來，除了作文比賽之外，櫻與柳天雲的身影也經常出現在各大文學類競賽。

懷抱著無比的怨恨，在櫻小學五年級那年，隼替櫻出席一場眾縣市聯合舉辦的短篇小說頒獎典禮。

雖然只是短篇小說，但是多個縣市的學生都有投稿參賽，最高的年齡層甚至囊括了高中生；場面之盛大，甚至已是近乎全國性質的比賽。

而在預備上臺領獎的等待區，隼與女僕桃桃碰見了柳天雲。

帶著一貫散漫的眼神，柳天雲獨自坐在角落裡翻著書。

他那彷彿對一切都不太在乎的表情，讓隼覺得很不爽。

非常不爽。

所以他走到柳天雲的面前，用大人的身高優勢，雙手抱胸、居高臨下地俯視他。

被隼的影子所覆蓋，失去閱讀光線的柳天雲抬起頭。

「啊……您好，又見面了。您是晨曦的父親吧？」

「嗯。」

「請問您有什麼事嗎？」

「我看你很不爽，你這次只不過拿到第二名而已吧？為什麼安安穩穩地坐在這邊看書!?」

除了寫作用的知識外，柳天雲的見識並不多，他甚至一直將跟在隼身後的女僕桃桃誤認為是櫻的母親。

但他從很久以前就明白，這個叫做隼的大人——絕對比自己還沒有社會常識。

實際上柳天雲猜對了，一個動不動就賭得傾家蕩產的人，你還能指望他什麼呢？

即使如此，柳天雲還是保持著對長輩的基本禮節。

「那個……請問您的意思是？」

「啊？你竟然不瞭解我的意思嗎？既然輸給了我們家的孩子，身為一個敗者，理所當然要露出無比懊惱的表情吧？照慣例來說，不是應該像少年漫畫主角那樣一邊流眼淚一邊握拳，然後咬牙說：『我下次絕對不會再輸了——』這樣子嗎!?」

「……」

雖然被說中了事實，但柳天雲只是沉默。

女僕桃桃用雙手遮住臉，忽然覺得被這個傢伙僱傭是一件很丟臉的事。

——這樣的行為，簡直就像傳說中的怪獸家長嘛。

不過只要牽扯到櫻的事情，隼確實就像一頭怪獸那樣橫衝直撞沒錯。

柳天雲將手中的書擱在膝蓋處，思考了一下子後，與隼的視線對上。

「隼先生……我可以這樣稱呼您吧？」

「不可以！」

「隼先生，我……」

「剛剛都說不可以了！」

隼像小孩子一樣賭氣。

緊接著，女僕桃桃一記手刀斬在隼的頭上。

這是櫻的吩咐，臨出門前她曾經說：「如果隼又做出奇怪的事，就替我打醒他。」

「老爺，請停止您的幼稚，不然會有人誤解您是外表超齡的小學生。」

「……」

隼嘴角抽搐，不甘願地轉過頭去。

但這一次，他終於勉強肯聽柳天雲說話了。

柳天雲站了起來。

「隼先生……我的課業成績只能算中上，身高普普通通，長相並不出眾，也不懂得迎合群體。」

「啊？這干我什……」

在桃桃的無聲注視下，隼用盡全力把剩下的話吞回去。

就像從來沒有被打斷過那樣，柳天雲靜靜地把話接了下去。

「坦白說，我柳天雲……沒有半個朋友，一直都是獨來獨往，常被議論為班上的怪人。你能想像嗎？彷彿徜徉於寂寞的海洋，每當醒轉，舌尖上最先嘗到的滋味……僅有孤獨。

「然而，如此平凡無奇的我，也有唯一的優點——那就是寫作。也可以說……我除了寫作之外，簡直一無是處。」

柳天雲說到這，頓了一頓。

「以讓寫作實力進步為前提，我捨棄了所有的娛樂，以其他領域所有的發展性做為代價……才換來今天的寫作實力。哪怕苦，即使累，就算飽受批評——我也無怨無悔。」

他眼睛微微上飄，陷入了回憶中。

「而你的孩子……晨曦，她很厲害。兩年前，我在某篇『自傳性質』的作文比賽上讀到……晨曦她是一個全方位性的天才，不管什麼都難不倒她，兼顧所有方向的發展性，對她來說就像喝口水般容易。

「我就不同了，我只能一心一意地寫作。一直寫、一直寫、一直寫、一直寫、一直寫……逼迫自己越寫越好，因為那是我所能找到的……證明自身存在的唯一價值。

「所以了，為了穩固自己的生存之道，我會繼續變強。就算這個月輸了，下個月我也會以燃燒自身般的氣勢……想盡辦法去贏回來。只要能贏，只要寫作實力能繼續進步，就算化身為寫作之鬼，我也不會有絲毫猶豫。」

柳天雲深深吸了一口氣。

似乎藉由深呼吸獲得了更多勇氣的他，下了最後的結論。

「所以隼先生……請替我轉告晨曦，下個月，我絕對會戰勝她。如果不想被我持續性地超越，那就使出全力來吧。即使不來頒獎典禮也無所謂──因為在比賽中，在那投注無數情感的稿紙上──才是我們兩人真正能夠見面的地方!!」

隼聽完後，整張臉都皺了起來，露出做鬼臉一樣的表情。

他朝女僕桃桃一招手，不再做任何停留，將柳天雲拋在身後，轉身離去。

「呿！無聊！只不過是個小鬼頭，別模仿成熟的大人說話啊！所以我才討厭除了櫻之外的小孩子！」

隼不斷碎碎念。

桃桃跟在他的旁邊，觀察他的側臉，看出主人只說了一半實話。

「……」

隼被桃桃看得渾身不自在。

他的手指甲近乎焦躁地刺進了掌肉裡。

……不過。

……這傢伙對於寫作的固執程度，跟我對於賭博有點像啊。

……那是不管發生什麼事，也不會輕言放棄的熱愛。

……除非，遭到了讓心靈變得支離破碎的打擊吧，不然這類人就算摔得無比狼狽，也永遠能再次爬起。

隼回過頭，看見柳天雲重新坐下，翻起手中的書。

注視柳天雲一秒鐘的時間後，這次他再也沒有回頭，迅速走遠。

因為走得太急，他差點撞到一個躲在牆角處、不知道在偷看誰、擁有一頭漂亮金髮的小蘿莉。

在走出幾百公尺後，隼以誰也聽不見的聲量開始喃喃自語。

「……叫做柳天雲的高傲小鬼頭啊，如果你這麼不服輸的話，那就努力追上來吧。我們家的櫻，才是未來……註定立於寫作界頂點的人！」

第六話 封筆判決！這樣的我有罪!?

這是一個奇妙的世代——幾乎所有寫作界人士都這樣認為。

在文壇中，已經很久沒有出現柳天雲這種超級天才，從小就展現遠勝他人的統治性實力……在過去，每個像這樣的人，現在幾乎都成為了文豪或著名的作家。

在柳天雲取得七十三連勝後——外界給了他這樣的頭銜：「寫作界的超新星」。

然而，這顆耀眼無比的星辰，卻在名為「晨曦」的神祕高手出現後，開始於比賽中墜落。

竟然在同一個時代出了兩個勢均力敵的天才，這該以不幸來形容……還是反過來說，他們其實是極端幸運呢？

不幸的是……這個時代中，如果晨曦或柳天雲是單獨出現，那勝利的天平將毫無懸念地向某人傾斜，甚至一舉稱霸各大寫作比賽。

而極端幸運的是……這兩人遇見彼此後，雙方激烈交戰，有了不斷往前邁進的動力，才能看見藏在瓶頸後方的風景。

所謂的作家，都會遇見瓶頸。

瓶頸就像一扇緊閉的大門，門的後面藏著作夢也想不到的事物——只有真正鼓

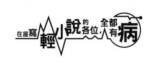

起勇氣的人，才能在經歷過無數磨難後，生澀地將其推開。

柳天雲跟晨曦也是這樣。

他們因輸掉比賽而痛苦，卻也從與對方的較量中獲得了無比的快樂——痛苦與快樂並進，這就是擁有競爭對手的美好。

「……」

「該選誰？」

某個中篇小說投稿大賽的圓形會議桌上，十個評審圍成了一圈，而主評審坐在最顯眼的位置。

他們的會議已經持續了三個半小時。

某個頭髮一團亂的評審將參賽者的稿子散散地在桌上攤開，如此說：「這次的中篇小說比賽，很多人投稿參賽，讓人意想不到的高手，更是像豪雨後的飛蟻那樣不斷冒出……不過呢，最強的人果然還是柳天雲跟晨曦吧？」

第二位評審點了點頭。

「是的，雖然紗羅紗、小秀策、棋聖、飛羽這四位參賽選手的實力也相當強勁，但要跟那兩個怪物相比，還是有一段不小的距離。可惜啊，如果這四人晚生個幾年，不用碰上這兩人的話……大概也能繳出讓人眼睛一亮的成績吧。」

第三位評審是一個矮小的中年男人，他聽了前面兩人的話，產生不滿的反應。

「呿呿呿，寫作哪有誰一定贏的道理？說不定那什麼棋聖、什麼飛羽的，之後實力會進步很多，就能贏過柳天雲跟晨曦了啊！」

之前一直不講話的主評審在這時搖了搖頭，終於開口。

「你應該沒有持續關注這兩名怪物……同年紀的人想戰勝他們幾乎是不可能的。他們之所以被稱為『怪物』，最主要的原因就是他們進步的速度恐怖得要命。幾個月前他們就贏過別人很多，幾個月過去，他們與其餘高手的實力竟然越差越大。」

矮小的評審不甘願地「呿」了一聲，但最終默認了這個事實。

主評審考慮了一下，為了緩解氣氛，最後笑著開口。

「但是呢，如同大家所知道的，現在是一個奇妙的世代——高手不斷湧出，說不定在某處，就有著超越這兩人的……『怪物中的怪物呢』。

「Y中學不是聽說有個無所不能的新生嗎？聽說他因為懶得跑遠，所以以後的升學志願也是Y高中呢。就算不提還沒參加比賽的隱藏人物，退一萬步來說……就算再怎麼天才，那個柳天雲跟晨曦終究只是剛升國中一年級的小鬼頭，他們身上的不確定性還太多，多到簡直讓人無法直視。」

「像上次題目為『我的朋友』的作文比賽吧，柳天雲果然有來參賽，但稿紙上卻只寫了一行字——『獨行俠，是不需要朋友的』，簡直是來亂的嘛！咳，扯遠了……正是因為他們年紀還小，所以一旦出了什麼意外……那在短短幾年內突飛猛進的實力，也會退步得非常快。」

「哦？怎麼說？」

矮小的評審一臉好奇，朝主評審比了個「繼續說下去」的手勢。

主評審說到這，笑容漸漸收起，表情變得相當嚴肅。

「你們也都明白……只要是作家，都會遇見瓶頸。而柳天雲跟晨曦之所以會變得這麼強大，只有一個原因——他們透過與彼此的交手，在戰鬥中獲得了驚人的成長，一次又一次迅速突破瓶頸，才會進化成這麼恐怖的寫作怪物。

「但是呢，也正是因為進化得太過輕易……就像希臘神話中的『阿基里斯』，腳踝是唯一的弱點那樣，在他們這種完美無缺的寫作者身上，一旦出現了破綻，往往是無比致命的。」

主評審的視線移向桌上柳天雲與晨曦的稿件。

「柳天雲與晨曦，他們樂於互相較量，不斷試圖超越彼此——甚至『超越彼此』也會在不知不覺中取代原本的寫作目的，成為他們的全部。也就是說，他們雖然藉由對方不斷突破瓶頸……如兩顆星辰般高掛天際，可是如果有一天，其中的某人忽然消失了……那麼，或許我們將見證的——」

聽到這裡，其餘九名評審，同時吞了一口緊張的唾液。

「——是兩顆星辰的同時隕落！」

一個人孤零零地站在寫作比賽的巔峰時，柳天雲眼中所見的世界……是單調而深沉的灰黑色。

為了讓自己不要太強，他甚至曾經無意識地抑制自己實力的成長。

但是，自小學三年級後，晨曦出現了，柳天雲的世界終於染上了其他色彩，逐漸變得五彩繽紛。

——原來寫作是這麼有趣的事啊，我差點都忘了。

——只要晨曦那傢伙還有參賽，我即使繼續變強也沒有關係吧。

柳天雲獲得了救贖。

對於柳天雲來說，晨曦這個筆名就如同其寓意一樣，是他人生中所出現的、切切實實的能投入內心深處的光芒。

因晨曦所獲得的救贖，柳天雲一輩子也不會忘記。

但是隨著一年又一年過去，當柳天雲發現自己即使無止盡地提高實力——也未必能贏過晨曦時，藏於意識深處的好勝心逐漸甦醒了。

他很想獲勝。

除了享受參加寫作比賽的樂趣之外，他非常非常想獲勝。

於是，在小學六年級之後，柳天雲的寫作方式逐漸往不同的道路偏移。

他開始頻繁地撰寫主流題材，以王道模式來一決勝負。

哪怕筆下的產物並非自己想寫的東西，文章所傾訴的話語並非出自真心，如果能提高勝率，柳天雲依舊會寫。

於是在小學六年級這一整年，他戰勝晨曦的勝率達到了六成，原本勝負各半的平衡被打破了，開始有人盛傳柳天雲才是寫作界的最強新銳。

然而，柳天雲比誰都還要清楚，他的實力其實沒有超越晨曦。

他所獲得的，只是虛妄的表面勝利罷了。

但即使如此，表面上的勝利……也如毒癮般使人無法自拔。

「……無所謂。反正寫作比賽，參加本來就是為了贏。我柳天雲沒有錯……就算有錯，錯的也是這個將勝利視為一切的世界！」

如催眠般的信心喊話，在柳天雲內心深處不斷迴盪。

但是，偏離原先道路的柳天雲，進步速度逐漸慢了下來，他本人卻無法察覺這一點。

在國中一年級的全國大賽總決賽裡，柳天雲與晨曦兩人的稿件被留到最後進行選拔，最終……晨曦的稿件以些微之差獲勝了。

明明取巧了，卻還是輸掉了比賽，赤裸裸的事實令柳天雲啞口無言。

旁觀者清，感受到柳天雲陷入死胡同的晨曦……在全國大賽後，託前來領獎的隼，給了柳天雲一封信。

信上面只有極簡短的幾行字，字跡娟秀。

好多年過去了，在比賽中，你成長得好快。

不過……我看得出來，你的文章漸漸充滿了匠氣，變得俗氣，變得……為贏而寫，而不是為了自己而寫。

這樣的你……不夠真實，不是真正的你。

不討好評審，不迎合他人，希望下一次，你能為了自己而寫……為了本心而戰。

明年，我等你。

一行短短的「我等你」，卻道盡了千言萬語。

市儈。

匠氣。

不擇手段。

隨著年齡漸增，赤子之心被歲月磨滅。柳天雲漸漸變得圓滑，學會怎麼去討好評審，寫別人想看的東西，那是通往勝利的最快捷徑。

一味追求勝利的結果，就是加速通往成為狡詐大人的道路。在不知不覺間，柳天雲已經將這條路走完了一半，再也無法回頭。

反觀晨曦，她筆風純淨而平穩，依舊一如當年。

晨曦藉由自己本身來吸引評審。

而柳天雲……藉著評審喜歡的東西來吸引評審。

「說什麼真實的我……還有為了本心而戰……？」

仗著取巧，才與晨曦打平，擁有與她一較高下的資格……柳天雲對這點感到難堪。「神童」、「才子」的光環彷彿就要剝落，當時心高氣傲的他，卻不願坦承這一點。

「……我柳天雲……不需要敵人的指點。我才是對的——只要能贏，在大賽中贏過晨曦，證明我比較強……那麼我毫無疑問就是『正確』！」

一年後，於全國大賽中，柳天雲固執地繼續走原本的道路，終於以微小的差距擊敗晨曦，奪得了第一。

再之後，晨曦消失了。

如同曙光被烏雲遮蔽了一樣，原本照進柳天雲心中的光，也跟著消失無蹤。

「……我……我究竟……在做什麼呢？」

直到這時，柳天雲才猛地省悟，如果晨曦是煙，那他自己……就是吹散她的惡風。

如同他渴望超越晨曦一樣，清澈如水的晨曦，也希冀著與「真正的柳天雲」交手，而他卻在旁門左道上越走越遠，讓晨曦徹底失望。

遍尋不著昔日的柳天雲，於是晨曦的名字……自所有比賽中消失了。

亦自柳天雲的生命中……抽身而退。

那之後，柳天雲成為了孤獨的王者。

沒有人能與他爭奪冠軍。

沒有人……再能使他感覺到壓力。

「……寫作真是無聊……無聊透頂。」

……世上強敵難尋，知己更難尋。

晨曦離開寫作界後，被強烈的寂寞感所包圍的柳天雲……逐漸失去了寫作的理由。

「……好無聊…………晨曦……妳為什麼不參加比賽了……？」

在晨曦消失的一年後，國中三年級的柳天雲，他發呆的時間越來越長，寫作的時間越來越少。

隨著心中的寫作之火越來越微弱，柳天雲變得十分頹喪。

「是我害的嗎……？是因為我……妳才不願意參加比賽嗎？妳明明這麼厲害，就算不迎合評審也能贏過我……這樣子的妳……因為我而放棄了比賽嗎？」

……晨曦，妳在哪？

柳天雲心中的聲音越來越微弱。

原本持續呼喚著晨曦的聲音，漸漸地，連他自己都快要聽不見了。

對於柳天雲而言，他重新回到的，是那個沒有晨曦存在、寫作缺乏「意義性」的灰黑色世界。

「好無聊……晨曦……是我害得妳……消失了嗎……？」

柳天雲將參賽的稿子撕成了兩半。

同時，他的眼神變得前所未有的空洞。

從此之後……他不再進行寫作。

懷抱著深沉的悔恨，柳天雲認為……這是他唯一能贖罪的方式。

「啊——真是夠了，煩死了！那傢伙就不能老老實實地寫作嗎！總是迎合別人，他都變得不像他了！而且我都寫信給他了，他還執迷不悟，一點也不聽話！」

下午的櫻家宅邸，地點是客廳，櫻坐在柔軟的地毯上，表情像一隻發怒的貓咪。

她惡狠狠地啃著蘋果，因為心情煩躁，原本喜愛的水果忽然變得沒那麼好吃了。

一口氣吃下兩顆蘋果後，櫻摸了摸肚子，轉頭看向在旁邊收拾房間的女僕桃桃。

「桃桃！妳來評評理，柳天雲那傢伙是不是很過分！」

「……大小姐。」

「？」

「其實我不明白，您為什麼這麼生氣，難道您很在意柳天雲未來的發展嗎？」
「那……那怎麼可能！我為什麼非得要在意那傢伙不可啊！」
「可是您這麼激動，就代表很在意。」桃桃故作不解。
「唔……我只是……只是……對了！桃桃妳想想，柳天雲那傢伙畢竟是我看著成長的嘛，他現在國中二年級，但小學時我就認識他了……他之前比現在弱很多很多，身為一個優秀又聰明的美少女，我當然要好好關注這個後輩了。」
「……」
桃桃無言。
「大小姐，恕我直言，柳天雲的年齡比您還大幾個月，而且也比較早開始寫作，您的『前輩理論』似乎無法成立。您在別的地方比誰都精明，只有碰到柳天雲的事情時……智商會瞬間下降成十分之一。」
「沒有這回事！桃桃妳胡說！」
「……有。」
「才沒有！」
「……有。」
「──才沒有才沒有才沒有！」
相較於櫻的激動，桃桃則顯得很冷靜。
她停下原本正在擦拭一個等身高花瓶的動作，回身看向櫻。

「先當作沒有好了，那麼……大小姐，您先前寫信給了柳天雲，他還是沒有改善參加比賽的做法，您想要怎麼辦？」

聽到「想要怎麼辦」這句問話，櫻毫不猶豫地回答了——

「喔喔，我想把十顆蘋果一口氣塞到他的胃裡。」

「……您是想殺了柳天雲嗎——？」

「不，在《聖經》的伊甸園裡，蘋果可是『智慧之樹』結出的果實哦，我只是好心想讓他變得更加聰明。」

「呃……那個……我覺得在變得聰明之前，柳天雲很有可能會被蘋果給噎死。」

「呼嗯……噎死嗎？這只能說明柳天雲沒有慧根，如此而已。」

「……真是霸道呢，大小姐。」

「誰教他這麼過分！」

女僕桃桃嘆了口氣，回身繼續擦拭花瓶。

在移動腳步、擦拭花瓶的背面時，她卻瞬間寒毛直豎，嚇得頭髮都差點炸了。

——身為一家之主的隼，竟然鬼鬼祟祟地躲在花瓶背後！

隼的反應也很快，伸掌捂住桃桃的嘴巴，避免受驚的女僕發出叫喊。

然後急急忙忙地以無聲唇語，將訊息傳達給桃桃知道。

「不要發出……聲音……這裡是我……偷偷觀察櫻的……好地方……再曝光的話……客廳就沒有地方……可以躲了……」

在努力鎮定下來後，桃桃看向隼，瞇起雙眼。

被桃桃帶著鄙視的眼神注視，隼倒是大剌剌地露出了笑容，比出了「幫我保密，下個月幫妳加薪」的手勢。

「……」

有錢能使桃桃推磨，最後桃桃沉默著點頭。

最後，隼又道出了「去試探……櫻對於……柳天雲那傢伙的想法」的唇語。

櫻對於柳天雲的重視，身為女兒控的隼，甚至比櫻本人還要早嗅到蛛絲馬跡。

所以他想瞭解。

瞭解……現在的櫻，對於在寫作之道上漸漸走偏的柳天雲……到底是怎麼想的。

從很久以前，隼就認為櫻對於柳天雲實在太關心了，讓他這個女兒控覺得非常不妙。

如果察覺柳天雲有萬分之一的可能性，讓櫻走上「結婚」這條通往人生墳墓的道路的話，那他將不惜代價跳出來阻止，將柳天雲的生命扼殺於搖籃之中。

「所以說……大小姐，您現在對於柳天雲是怎麼想的呢？」

桃桃提問。

櫻以細小的手指點著嘴脣，雙眼上飄，發出「嗯……」的沉吟聲。

在花瓶後的隼急得滿頭大汗後，櫻才得出結論。

「現在的柳天雲呢，走上了偏頗的寫作之道，不是完全體的他。他本來可以更強、更厲害、更犀利，偏偏浪費了自己過去多年的累積，只著重於眼前的勝利。打個比方來說吧，這就像為了賺眼前的十元，卻捨棄了未來能拿到的一萬元一樣，所以我才會生氣。

「很無聊吶，跟這樣子的柳天雲進行比賽。寫作是我的興趣——但是呢，贏過這樣子的柳天雲，簡直一點意思也沒有。所以……看到現在的柳天雲之後，我決定暫時不投稿了，他如果喜歡王者之路，就給他一個人走；他想要的勝利，也全部讓給他。」

這一刻，櫻的小臉蛋彷彿在發光。

「等到他滿足了，覺得夠了，肯恢復成『原本的柳天雲』的時候，我才會再次投稿參加比賽，與真正的他……痛痛快快地進行真正的比賽！」

她恍若看見了未來——滿足勝利欲望、取回本心後的柳天雲，再次躍然於紙上，變得更加厲害的模樣。

到了那時候，柳天雲跟晨曦……想必還可以重新進行不只是為了勝利——而是能盡情發揮實力的寫作比賽吧。

帶著祈求般的渴望與對未來的幸福感，櫻朝著桃桃甜甜地笑了。

——是呢。

——柳天雲的狀態下滑肯定只是暫時的。

——只要他還在的話，我以後的人生……也不會無聊了吧。

然而。

然而……

停止投稿的一年後，櫻在《全國小學生文藝月刊》的記者採訪首頁上，看到了令她臉色慘白的消息。

「王者柳天雲宣布封筆。」

簡單得要命的九個字，卻如蝕骨的黑潮般湧起，帶給她人生中最大的衝擊。

又是一個春季。

院子裡的「樹先生」依舊沒有開過花。

但春去冬來，光陰匆匆而逝，今年的櫻……已經十五歲了。

坐在通往和室的石頭階梯上，櫻當年只能懸在半空中晃盪的小腳，現在能好好地平貼在地面上。

雖然身材依舊十分嬌小，但櫻那白裡透紅的肌膚、纖細美好的身段，與略帶青澀感的俏臉，美得就像要魅惑人心，整體已經十足具有少女的韻味。

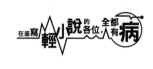

「樹先生，我問你哦——」

朝著櫻花樹自言自語，櫻往後仰躺，讓身體在和室的地板上盡情伸展。

「柳天雲那傢伙是笨蛋吧？果然是笨蛋吧？為什麼當初那麼輕易就放棄了呢？我已經要升高一了，但柳天雲那傢伙……完全沒有要復出的意思呢。

「隨著棋聖、小秀策這些寫作高手嶄露頭角，各大寫作雜誌也漸漸淡忘了柳天雲，就像這個人不曾存在過一樣，討論他的人也漸漸少了。『曾經的孤獨王者』，柳天雲的外號，已經變成過去式了。

「坦白說，對於柳天雲那傢伙的態度，我很生氣——當初他還對隼說過這樣的話呢——」

櫻陷入回憶。

「我的課業成績只能算中上，身高普普通通，長相並不出眾，也不懂得迎合群體。

「坦白說，我柳天雲……沒有半個朋友，一直都是獨來獨往，常被議論為班上的怪人。你能想像嗎？彷彿徜徉於寂寞的海洋，每當醒轉，舌尖上最先嘗到的滋味……僅有孤獨。

「然而，如此平凡無奇的我，也有唯一的優點——那就是寫作。也可以說……我除了寫作之外，簡直一無是處。

「以讓寫作實力進步為前提，我捨棄了所有的娛樂，以其他領域所有的發展性做為代價……才換來今天的寫作實力。哪怕苦，即使累，就算飽受批評——我也無怨無悔。」

櫻煩躁地皺起秀氣的眉毛。

像重要的血管被大石頭堵塞那樣，她的心裡一陣發悶，感到很不是滋味。

「我不明白他為什麼封筆，但這麼輕易就放棄寫作的人，不是我認識的柳天雲。我本來打算升上高中後就去見柳天雲的，但現在的他這麼討厭，只不過是個軟弱的笨蛋。所以呢，樹先生，雖然我現在已經升上高中了，不過我一點也不打算與這個無聊的柳天雲見面。

「沒錯，像我這種漂亮又聰明的美少女，當然完全不想跟笨蛋見面！

「……一點也不想哦！」

說著說著，櫻忽然感覺被莫名的悲傷所籠罩。

些微水霧湧上了櫻的眼角，接著不斷滙集，最終成為淚珠。

「……咦……我為什麼哭了？啊啊……我明白了，是春天特有的花粉症吧，沒想到我也會得這種病呢。

「樹先生，你在聽嗎？柳天雲那傢伙啊……就是呢……」

最終，櫻的自言自語，轉為了輕微的哽咽。

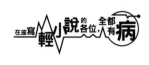

「樹先生……我……嗚……」

她不再說話了。

「……」

如忍者般貼在圍牆邊，以高科技隱形斗篷藏起身影的隼……也跟著沉靜下來。

而後，隼露出下定決心的表情。

又一年後的暑假，櫻已經十六歲，正值青春無敵的高中二年級。

夏夜的蟬鳴不斷喧囂，櫻與隼坐在長方形的餐桌上用餐。兩人隔著老遠的距離相對而坐，桌上放滿了豐盛的菜餚。

隼用叉子叉起一塊醬燒羊肉放進自己的口中，似乎有些心不在焉。

從晚餐一開始，他就不斷處於發呆狀態，偶爾還偷偷向櫻看去。

「……我說隼。」

「嗯？」

「你偷看人家的眼神好噁心喔。」

「妳……妳說什麼!?我可是妳的老爸，妳怎麼忍心用『眼神好噁心』這種說法形容我!?」

「可是真的很噁心……」

「不要一直強調噁心、噁心、噁心的！還有就算真的不小心向妳那邊看去了，也是因為我的女兒長得太漂亮了好嗎！」

「什、什麼啊？想把責任推給可愛的女兒嗎⁉你這變態女兒控！」

女僕桃桃在一旁暗自嘆氣。

這對父女鬥嘴時，簡直像兩個長不大的小孩。

過了一陣子，兩人的爭吵以櫻的全盤勝利落下帷幕。

隼又叉起一塊牛排放入口中，大口大口嚼著，吃相一點也沒有形象。

最後他用手背一擦嘴角，像是豁出去一樣，身上忽然瀰漫令人驚訝的堅決氛圍。

——如果有熟識隼的賭客看到他如今的表情，立刻就會知道：這是隼預備把所有身家，一口氣推上賭桌時的預兆。

把牛肉吞入腹中後，隼緩緩開口。

「……櫻。」

「嗯？你可不要再提奇怪的事喔。」

「……不是奇怪的事。」

「那，你要說什麼？」

「妳也快開學了吧……從下學期開始，妳就轉學到附近的C高中去吧。」

「咦？為什麼？」

「C高中不是離家裡比較近嗎？就學環境也不錯，去那裡讀吧。」

「可是我現在讀的這所學校只比C高中遠一公里，有人開車接送的話並沒有差別……而且升學率也超過了C高中……」

「以妳的聰明才智，在哪裡讀書都一樣吧。如果不是嫌麻煩，妳早就能不斷跳級了。」

「……」

櫻本來還想反駁，以她的口才要辯倒隼是相當容易的事。

但是，無意中抬頭看見隼的表情後，櫻卻把話縮了回來。

因為隼的表情很嚴肅。

跟以前那個變態女兒控給人的感受不一樣，此刻的隼，身上充斥著難以用言語表述的威嚴感。

只有真正關心子女的父親——才能展露出這種聯繫於血脈的威嚴感來吧。

於是，櫻聳聳肩。

「……我是無所謂，不過轉學手續你要替我辦好喔。」

「那當然。」

「還有別再用錢打點全校上下了，我會很傷腦筋的。」

「嗯……我考慮考慮。」

「還有還有，最重要的就是，別再爬樹或躲在頂樓之類的地方偷窺我了。」

「——這個我不能答應！」

「哈啊？」

「因為我可是……」

望著兩人又吵起來，女僕桃桃再次嘆了口氣。

隼身上出現威嚴感的時間真的十分短暫。

或許轉換為父親的嚴肅立場，與女兒之間會產生無形的身分隔閡，對於這個慣於嘻皮笑臉的男人來說，是一件很難受的事吧。

不過呢……

女僕桃桃彎腰拾起剛剛櫻丟出的飛叉。

「你這變態女兒控！我今天絕對……」

「啊啊……能被櫻這樣狠狠斥罵，我真是幸福啊。」

不過呢……這也是獨屬於這對父女、兩人之間最適合的相處模式吧。

隨著秋天的腳步不斷接近，楓葉漸漸轉紅，捨不得暑假結束的現充們紛紛試圖抓住夏天的尾巴，把握每一秒與好友相聚、嘻笑玩鬧，最後以夜晚的煙火劃下完美句點。

然而，暑假結束後，不管是如上述提到的現充，還是整天一個人待在家裡打滾的獨行俠，終究要回到學校，被迫接受新一輪的知識教育。

就中斷假期的特性這一點來說，學校還是挺公平的，一視同仁到值得讚賞。

……就算放假時，那些現充獲得的樂趣遠比獨行俠要多，但相對的，假期結束後的失落感也十倍於獨行俠。當那些現充因為承受從極樂雲端跌落的重摔，患上俗稱的「假期症候群」時，獨行俠則能快速適應環境，好整以暇地站在高處，以冷靜的目光注視一切。

「就達爾文的『物競天擇說』而言，能越快速適應環境的生物……也就越強。所以說，隨時能適應一切，不需要依賴任何人的獨行俠果然是最強的。」

新的學期到來，柳天雲一個人坐在角落裡，滿臉無聊地看著窗外的風景。

如果有「無聊菌」這種細菌的話，那柳天雲肯定就是帶原體……不，產生者吧。

雖然因為家庭因素，從高中二年級剛開學就轉來C高中，已經在這個班級內待了許久，但生性孤僻的柳天雲，果然還是交不到任何朋友。

新學期開始，許多人急急忙忙地互抄作業，偷懶貪玩的傢伙向成績好的書呆子雙手合十懇求，老師們不斷催促作業上繳——兵荒馬亂的開學時期已經過去了一個禮拜。

「反正按時上繳作業就行了吧。」

柳天雲的暑假作業寫得中規中矩，讓人無法稱讚也無法挑剔。

於是他有了更多時間望向窗外，看著藍天與白雲，讓腦中的想像不斷擅自擴張。

周遭的忙亂彷彿與柳天雲毫無關係，就好像他不是這個班上的一員，只是碰巧坐在教室內似的。

「真無聊啊。不過獨行俠本來就註定與孤獨相伴，將這份無聊徹底吞食，化為強韌心靈的孤獨之力，這也是獨行俠強大的祕密之一。」

看到天空中有一朵棉花糖形狀的雲飄來，柳天雲伸手向那朵雲虛抓。

「但是，身為孤獨王國的公爵，我柳天雲可不會因為這點無聊就唉聲嘆氣。不如說，正是因為無聊，所以才能在獨行俠的道路上更進一步。」

擁有隱形人般的存在感，柳天雲今天也秉持著自己的孤獨哲學，在教室的角落思索某些事。

叮咚——叮咚——叮咚叮咚——

隨著上課鈴聲響起，今天的第一堂課開始了。

一個有些禿頂的中年男人，在「喀啦啦」的聲響中推開了教室大門。

示意班長不用起立敬禮後，中年男人像跳躍一樣跨到講臺前，大聲朝所有同學宣布事情。

「今天有一位轉學生要轉來我們班上，相信大家看到她會非常高興——尤其是男同學們！」

看見中年男人不尋常的舉動，臺下的同學們頓時起了騷動。

班上一個長相輕浮、常常帶頭出遊的金髮男生，這時用手肘戳了戳旁邊的跟班。

「喂喂……看到了嗎？那個平常不苟言笑的『河童』竟然這麼激動，你認為轉學生會是什麼人啊？」

跟班也以流裡流氣的態度進行回答，為了引起全班同學的注意，他還刻意提高了音量。

「這個嘛，我想——轉學生大概是女生吧？河童不是最喜歡指導女學生作業了嗎？通常長相越漂亮就越熱情呢。」

他們兩人的一搭一唱果然造成了效果，教室裡頓時泛起一陣低低的哄笑聲。

臺上被稱為河童的老師氣紅了臉，大聲叫金髮男與跟班去教室後面罰站。

雖然金髮男和跟班一邊抱怨一邊去罰站了，不過從他們臉上竊笑的行為看來，這想必是他們提高人氣、藉此鞏固班上地位的方法吧。

柳天雲甚至連看向他們的興趣都沒有，只是繼續研究天空那朵棉花糖白雲。

對他來說，雲朵比這些同學有趣多了。

而河童老師清了清喉嚨，最後以電視節目主持人介紹來賓般的架勢，向教室大門伸出雙手。

「讓我們歡迎轉學生——櫻同學!!」

在眾人好奇的目光中，教室大門再次被拉開。

一名有著漂亮粉櫻色長髮的少女……或者說美少女，從門口緩步走到講臺前，朝大家深深鞠躬。

櫻。

身材嬌小玲瓏的少女，給人如洋娃娃般的聯想。

少女的五官也如繪師用量尺精心設計出來般整齊漂亮。

最讓人注目的是她的眼眸——帶著些微的漫不經心，嘴角卻又勾起似笑非笑的弧度，給人一種心意難測的印象。

「……」

「我的天啊……你們看到了嗎？」

對於二年C班的所有學生而言，這名轉學生的特徵就是——長相超級可愛！簡直可愛過頭了。

「喂喂……我沒看錯吧？這可是罕見的美少女啊。」

「櫻同學可愛到能跟沁芷柔或風鈴嬤美了……難道學校要出現第三支親衛隊了嗎？」

教室後方的輕浮金髮男嚇了一跳，對跟班這麼說。跟班也點頭同意，他與輕浮金髮男一樣驚訝。

「肯定會出現的吧，看來我要叛教了。」

「你這個叛徒！」

「……囉唆，我剛好就喜歡這型的啊！」

由於櫻的驚人美貌，教室內引起了一陣騷動。

不管男女，幾乎所有人的視線都牢牢黏在櫻的身上。

「……？」

像是感受到教室裡的氣氛不太對勁，柳天雲的視線從窗外拉回，斜著眼睛瞅了臺上的櫻一眼。

接著，「又是個現充啊……」成為柳天雲對櫻的首先感想。

然後……

就沒有然後了。

柳天雲轉開了視線，繼續看向窗外的白雲。

「……」

對於柳天雲而言，不管是傳說中的校園兩大美少女沁芷柔、風鈴，抑或是眼前這個轉學生櫻，都不是自己該接觸的對象。

像這種「現充光芒」強烈到像太陽一樣的傢伙，自己一旦接近了，只有被消融殆盡的下場吧。

更進一步來說，對於柳天雲而言，這個轉學生是男是女、是美是醜，都與自己沒有任何關係。

因為對於獨行俠而言，接觸範圍之外的事物，存在感都如同空氣般淡薄。

正是因為擁有這種近乎無敵的心境，所以獨行俠才能成為世界上最頑強的職業。

「無聊透頂。就這點程度的干擾，還無法擾亂我柳天雲的孤獨心境。」

最後，櫻找了一個居中的位子坐下了。

在眾人蠢蠢欲動的第一堂課結束後，好不容易等到下課時間，櫻的座位立刻被大批人馬給包圍。

「櫻、櫻、櫻、櫻、櫻同學！妳的興趣是什麼啊？生日是幾月幾號？喜歡星座預報嗎？討厭吃什麼？又喜歡吃什麼？」

「別插嘴，輪到我問了！櫻同學，妳的三圍……」

「臭男生滾開！櫻同學，我是坐在妳隔壁的……」

一群人你推我擠產生了大混亂，給人一種超市跳樓大拍賣時，家庭主婦拚命爭搶即期品的恐怖印象。

雖然看起來很恐怖，但櫻還是輕輕鬆鬆地打發了這些人所有問題。

畢竟對櫻來說……比起那些老奸巨猾的賭客，或隨時準備騙人的黑心大老闆，高中生實在太好對付了。

「等等等等等等！給我讓條路出來！」

這時，長相輕浮的金髮男用手臂隔開了眾人，拚命擠到櫻的桌子前，露出諂媚的笑臉。

「櫻同學，妳剛來這裡，一定很想快點認識大家吧？」

櫻看向他，眼神中帶著狡獪的笑意，彷彿看穿了對方的想法。

金髮輕浮男與櫻的眼神對上時，忽然全身一抖，下意識地避開了目光。

與此同時，他的語氣也變得生硬很多。

「啊、啊哈哈哈……櫻同學，我來幫妳介紹吧？我想想，先從班上大家的名字開始熟悉吧？」

櫻點點頭。

不知為何，金髮輕浮男的心中忽然產生了很想逃走的念頭。

但既然已經開口了，他還是硬著頭皮開始介紹。

「旁邊那位胖胖的是翼，站在他前面的是樹人，樹人是外號；再過去的是小葵，她很擅長化妝易容術；再過去是……」

金髮輕浮男身為班上半個領頭人物，當然對大家都很熟。

他迅速將同學們的外號或名字念過一遍，櫻很快就全數記住。

當幾乎所有人都介紹完畢後……金髮輕浮男的視線停在柳天雲身上。

「欸……？這個人叫什麼名字來著……？」

金髮輕浮男歪了歪頭，他竟然想不起來坐在角落的孤僻傢伙的名字。

因為只剩一個同學還沒介紹，櫻的視線也跟著停駐在柳天雲身上。

為了不在女神面前出糗，金髮輕浮男趕緊抓起點名簿，在學生名條那裡急速尋找。

「我找找……找找……我知道的……肯定看一眼就會想起來……」

在學生名條的最末端，金髮輕浮男忽然停住。

「啊哈！我找到了！角落那個人呢，他的名字叫——」

「——柳天雲！」

「——!!」櫻雙手撐在桌上，霍地站起身來。

她的動作實在太過匆忙而粗魯，導致打翻了椅子。

自從進教室……不，自從進入C高中以來，櫻第一次失去了從容。

以近乎顫抖的聲音，櫻露出無法置信的表情，朝金髮輕浮男提出詢問。

「你、你說他叫……柳天雲？」

「啊……是的。他確實叫做柳天雲，很怪的名字吧？」

金髮輕浮男發出「嘿嘿」的笑聲。

「……」

或許是聽見了有人不斷重複自己的名字，柳天雲終於回過頭來。

他緩緩轉過視線，朝發出聲源的那群人看去，然後……

然後，他與櫻的視線……瞬間相接。

教室內的騷亂還在持續。

但櫻已經什麼都聽不見了，她的腦袋裡被「柳天雲」這三個字牢牢占據，教室角落那張帶著無聊感的臉孔，在視線中不斷放大、放大、放大——

如同踏在十座火山同時爆發的地面上，櫻的雙腿有點發抖，幾乎要站不穩。

——會不會是同名同姓而已!?

長年以來建立起來的危機處理能力，在這時發揮了作用。

櫻壓下多餘的想法，勉強取回了一半的思考能力，朝金髮輕浮男開口詢問。

「……教室角落那個柳天雲，可以詳細介紹一下這個人嗎？」

「呃……這個……」

金髮輕浮男顯然不知道答案。

幸好他的跟班反應很快，替朋友解除了危機。

「這個我知道！柳天雲那傢伙是前陣子轉來的，平常都不講話，大家差點以為他是啞巴呢。因為他都不跟別人交流，久而久之就沒人理他了。」

旁邊一個女生撫著臉頰，也跟著幫忙補充：「啊……！我也想起來了！這個柳天雲好像被國文老師單獨叫去輔導過，說他這樣下去非常可惜什麼的……聽說他之前似乎得過不少作文跟寫作性質的獎項，只是現在不寫了，也不知道傳聞是不是真的……？」

金髮輕浮男一聽，露出誇張的笑臉。

「笨蛋——怎麼可能會是真的！真的有那麼厲害的話，就不會放棄寫作了啊！至少以我來說，是絕對不會放棄的。」

「也是呢，哈哈哈……」

金髮輕浮男與跟班的話術搭配，引起教室內一陣哄笑。

在聽取了眾多情報後，櫻終於忍不住了，邁開細嫩的雙腿，快速地走到柳天雲的桌子前。

「你叫做柳天雲？」

「……是啊。」

柳天雲轉頭回答。

聽到對方的答覆，櫻以失魂落魄的表情喃喃自語。

「……這個一臉呆得要命的傢伙就是柳天雲？怎麼可能⁉」

「妳真過分。」

櫻的自言自語被柳天雲聽見了，隨即做出反擊。

「那個……妳可以不要找我搭話嗎？像妳這種太耀眼的現充會融化我的，我未來幾年內成為獨行俠之王的計畫，也可能會被打亂。」

「你說什麼⁉」

柳天雲剛剛發呆太久了，看向櫻的眼神還有點慣性恍惚。

不光是答話的語氣充滿問題，櫻在端詳柳天雲全身上下後，徹徹底底地……覺得不可思議。

……獨行俠之王是什麼啊？

姑且先不吐槽那奇特的自創詞彙，在櫻小小腦袋瓜的構想裡，現實中的柳天雲肯定是高高瘦瘦、戴著鏡片會反光的細框眼鏡、渾身上下都充滿書卷氣息的那類人，而不是這種渾身充滿慵懶氣息，好像一點用也沒有的笨蛋。

所以櫻忽然這麼想：「……該不會是冒牌貨吧？只是剛好也叫柳天雲，又參加過作文比賽。」

為了證明心中的猜測，她再次提出問題。

「對於寫作你有什麼看法？」

「……我忘了。」

「唔，你從什麼時候開始寫作的？小學一年級嗎？」

「……我忘了。」

「你得過哪些獎項？聽過《全國小學生文藝月刊》嗎？」

「……我忘了。」

連續三次的「我忘了」，讓櫻的臉上跳出青筋。

——這傢伙完全不想認真回答！

——面對本小姐這種超級美少女，竟然還擺出這種態度！

在緩過一口氣後，櫻開始認為一切都只是巧合。

果然嗎？

那個天才得要命的柳天雲、優秀到讓自己花了兩年才鼓起勇氣投稿的柳天雲，不可能是眼前這個人。

「唉。」

櫻發出長長的嘆息聲，心中的悸動逐漸平息。

於是她轉過身朝自己的座位走回去。

在回到座位後，她向這個「冒牌柳天雲」看了最後一眼。

「冒牌柳天雲」又開始望著窗外發呆。

接著，櫻十分意外地……看到了這個人，像是因為聽到「寫作」這兩個字被勾起了某種回憶般，忽然露出了十分寂寞的表情。

而那表情……與自己獨自待在樹先生前面時……好像好像。

第七話 難道硬拗已經不行了嗎!?

……這傢伙到底是不是那個柳天雲？
……柳天雲有可能這麼呆嗎？
無數個疑惑還來不及被證實，人類史上最大的危機——穿破雲層降臨了。
C高中被巨大的黃色光罩圈起後，莫名其妙就被轉移到了孤零零的海島上，而晶星人飛碟的來臨，更是帶給了這群原本無憂無慮的學生巨大的噩耗。
「所以說，地球人唷！」
皇家侍衛大張雙臂，以高傲的姿態做出宣告——
「為了逼你們寫出最棒的輕小說，一年後，你們A、B、C、D、E、Y六所高中將聯合進行輕小說比賽，每所高中派出三位代表，進行最終決戰！
「當然，毫無青春氣息的地球人成熟個體，也就是那些被你們稱為『師長』的無趣存在，禁止成為代表。
「奪得最終冠軍的學校，三位代表擁有將作品呈給女王賞析的資格，能讓女王滿意的話，該學校就會被釋放回人類社會；除此之外，獲得女王賞識的代表還能分別獲得實現一個願望的機會！從你們的角度而言，晶星人可以說是無所不能的——我們能讓人類長生不老、青春永駐，又或是拿到花不完的財富！

「而落敗的其餘五所學校……很可惜，晶星人不會給予失敗者寬容，將全部處死。

「……但是呢。」說到這，皇家侍衛的語氣一頓，「如果獲勝學校的代表呈上的作品不夠好，被女王拋開燒掉，那就是六所學校的人一起淘汰。」

仔細審視著教學大樓那些探出頭來的學生，像是在檢查這些地球人到底可不可靠，他語調一緩，做出結語。

「加油，地球人，別再害我被……咳，使出渾身解數創造輕小說，解救晶星人的危機吧！」

由於晶星人女皇的任性，C高中被迫捲入六校的輕小說大戰。

而在人心惶惶的期間，有一個名為桓紫音的老師站了出來，以強硬的姿態統領了C高中。

手段幹練、行事作風犀利，做為一個統領者，桓紫音老師幾乎無可挑剔。

「吾……會引導汝等邁向勝利，吾以吸血鬼皇女之名保證。不死眷屬們唷，謹遵吾的號令，讓屬於C高中的那份黑暗……席捲大地！」

……當然，如果她不是重度中二病的話，那事情就更完美了。

但也正因為那份中二到不知該如何吐槽的自信，桓紫音老師鎮壓了眾人起初的慌亂，迅速將C高中轉變為一所系統性修煉輕小說的學校。

由於晶星人規定每個月的月底要進行六校之間的「排名競爭賽」，而學校排名直接影響到賴以維生的食物來源——所以桓紫音老師決定先舉行校內的選拔，選出二十名菁英做重點培養，再從這二十名菁英中……挑選能成為C高中臺柱的絕對強者。

幸好現在是適逢學期開始的九月初，距離月底規定的「排名競爭賽」還有很長一段時間，於是桓紫音從容地展開選拔。

櫻理所當然也是參賽者的一員。

「……寫輕小說嗎？原來如此，好久……沒有參加比賽了呢。」

在C高中所有學生迫切的目光中，校內排名前二十的菁英班學生被順利選出。

由於期待「真正的柳天雲」回歸與自己再次競爭，櫻一直持續練習寫作，如今的實力遠超兩年前還在投稿的自己，於是毫不意外地以壓倒性的優勢獲勝，拿到了全校第一。

接著，在晶星人降臨後的第二個禮拜，桓紫音老師創立了社團「怪人社」，並讓校內排名前三的學生強制入社，在每天菁英班下課後，再參加重點寫作訓練。

教學大樓頂樓的社團教室內，桓紫音用很醜的字跡拿著麥克筆在門牌寫上「怪人社」三個大字。

站在校排行前三的三名輕小說高手面前，桓紫音單目閉起，以能偵測戰力的「赤紅之瞳」觀察這些學生，接著露出詫異的表情。

她上上下下打量櫻。

「汝的身上……竟然沒有光？」

「光……？什麼光？」

在桓紫音老師的「赤紅之瞳」看來，寫作實力越強的學生，身上散發出的光芒也就越強。

沁芷柔與風鈴身上的光芒就像小燈塔一樣，唯獨櫻身上沒有半絲光芒傳出。這時候的桓紫音還不知道，跨過無數瓶頸的寫作強者光芒內斂，身上反而是看不見光的。

「算了……吾先繼續講解。」

一時搞不懂真相，桓紫音老師也就不想了。

「汝等要明白，現在的C高中一片死氣沉沉，所有人都嚴重缺乏……足以燃起希望的勝利之火。而且學校的儲藏食物快要吃完了，這個月末又得面對墊底的Y高中的凶猛反撲……吾等已經沒有退路。

「也就是說，身為C高中校排名前三……櫻、風鈴、沁芷柔，汝等必須製造振奮人心的勝利！」

桓紫音看向櫻。

「汝瞭解我的意思嗎？現任校內王者。」

「……嗯。」

櫻不冷不熱地回答。

桓紫音又看向風鈴。

「汝瞭解我的意思嗎？首席黑暗騎士。」

「……？」

「汝為什麼露出疑惑的表情！」

「那、那個……請問風鈴為什麼是首席黑暗騎士呢……？」

「大膽！竟然質疑吾給予的職位！吾早已看出汝身上的黑暗之力相當濃厚，有成為黑暗騎士的潛質！」

「咦……？」

風鈴發出了極為遲疑的聲音。

在一陣說教後，桓紫音最後轉向C高中校內排名第三的——沁芷柔。

「嘖嘖嘖，老實說，如果汝不是校內排名第三，吾真的很不想讓汝進入怪人社。」

「哈？為什麼啊？本小姐可是很厲害的喔，身材優秀個性又好，寫作方面也——」

「汝的胸部太大了，看起來充滿了不協調感，簡直像一頭乳牛。」

「什、什麼啊？這跟寫作社團有什麼關係嗎!?看人不爽也要有個正當理由，而且妳看隔壁的狐媚女，她的不是也很大嗎？」

「好，以後汝的外號就叫乳牛！」

「給我聽人說話！」

於是，吵吵鬧鬧的怪人社建立了。

又過了幾天，身為插畫家的雛雪也跟著入社，更增添了怪人社的豐富性。

當然，所謂的豐富性，是指裡面匯集了一群戰鬥力破萬的怪人，某種程度上來說……還挺可悲的。

例如在社團活動開始前……

「……沁芷柔學姊。」

「什麼事？還有，能拜託妳不要什麼話都寫在紙板上嗎？」

雛雪搖了搖頭，繼續用紙板寫字。

「沁芷柔學姊……我可以上妳嗎？」

「哈？」

「妳好漂亮，身材像成熟的果實那樣充滿誘人的氣息，是很理想的夜晚床伴。順帶一提，雛雪還沒有那方面的經驗。」

「妳、妳、妳、妳——」

面臨意料之外的直球攻擊，沁芷柔漲紅了臉，最後好不容易才把話大喊出聲。

「妳簡直不知廉恥——!!啊啊啊啊……這社團的人是怎麼回事啊……幻想自己是吸血鬼的重度中二病、喜歡勾引男人的狐媚女，還有騷到骨子裡的插畫家，這要本小姐怎麼能忍受⁉」

「因為這裡沒有男人，所以雛雪才提的喔，平常雛雪可不會這麼大膽。」

「我一點也不想知道這個好嗎！」

「沒關係，來做吧——來做吧——!!」

面對像是要滴下口水的雛雪，沁芷柔幾乎要崩潰了，她拚命把心裡的怒氣大喊出聲。

「走開，我才不想把第一次給妳！那邊不是有個跟妳一樣騷包的狐媚女嗎，去找她啦——啊啊啊啊啊啊啊不要過來，我叫妳不要過來——!!再過來我揍妳喔！」

「咦……？」

一個人縮在角落的風鈴，看著沁芷柔跟雛雪在社團教室內互相追逐，而獨自坐在教室正中間的櫻則是悠哉地啃著蘋果，完全沒有人敢招惹——風鈴露出了對未來十分擔心的表情。

她原本以為這些小夥伴只是性格有點偏差，但在入社三天後，她很快就瞭解到——這個社團裡只有自己是正常人的事實。

所以像小動物般縮在角落，努力不引起任何人的注意，是社團活動開始前風鈴的固定行程。

而且這樣子吵鬧，在桓紫音老師來到社團後，所有人都會倒大楣。

「黑暗眷屬們唷，看看吾帶來了什麼好東西，今天呢……」

桓紫音的腳步很快，她興沖沖地拉開社團教室的大門，看到了裡面的景象，先是一陣錯愕——

接著如火山般徹底爆發。

「今天所有人的社團作業都加倍!!」

「風鈴學姊——!!妳看，雛雪今天的穿著很棒吧！是和服貓娘哦！」

第二人格型態的雛雪出現在怪人社裡，一臉興奮地對風鈴展示自己的裝扮。

雛雪穿著淡藍色的和服，頭上戴著一對假貓耳，半握起拳頭模仿貓爪在半空中晃了晃，同時還「喵」了一聲。

「嗯……妳穿起來很好看哦。」

風鈴毫不吝嗇自己的讚譽。雖然她私心覺得雛雪的和服前襟敞開太多了，白晃晃的胸部看起來非常顯眼。

「喵嗚——對吧、對吧，很棒吧！」

雛雪又轉向櫻炫耀。

在對方充滿自信的笑容感染下，櫻不自禁地點頭同意對方。

「喵嗚——畢竟和服不是某人的專利呢，雛雪穿起來也是非常可愛的。」雛雪如是說。

這時，忽然有「碰」的聲響從教室一角傳出。

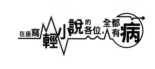

像是在極力忍耐什麼一樣，沁芷柔擠出額際帶著青筋的笑容。

「哎呀……怎麼會有個貧乳的 Bitch 在那邊自言自語呢？這裡可沒有男人在，就算擠出妳那貧乏的乳溝，也不會有人被吸引的喔？」

身為設定系少女，和服是沁芷柔最常見的裝扮之一，而雛雪在做出「不是某人的專利」的發言時，朝自己偷偷飄來的目光，也全部被沁芷柔看在眼裡。

這完全是赤裸裸的挑釁，同時也是挑戰他人設定的宣戰。

這大概是雛雪的第二人格想引起沁芷柔關注的辦法，但效果似乎不太好，只引起了對方處於崩潰邊緣的怒氣。

「……簡直像小學男生喜歡某個女生，為了吸引對方，反而故意欺負對方那樣。」

櫻看穿了雛雪拙劣的計謀。為了實現自己「來做吧」的夢想，這傢伙還真是不擇手段。

努力忽略逐漸吵鬧起來的社團教室，櫻安靜地看向窗外。

怪人社的日常就是寫作修煉兼打打鬧鬧，起初櫻對於這些同學的怪人行徑感到不可思議，但久了竟然逐漸習慣，這讓她忍不住懷疑自己是不是也有點不正常。

這天，上完艱難的輕小說課程後，在桓紫音老師看稿的空檔，大家獲得了一小段自由時間。

櫻手撐著臉頰發呆，忽然想起了那個「冒牌柳天雲」露出的表情。

那表情……很寂寞。

就像內心某種寶貴的信念被掏空了那樣，充滿了孤單感。

「柳……天……雲……」

喃喃念誦著昔日宿敵的名諱，櫻忽然感覺那是好久好久以前的事，連回憶都帶著一種滄桑感。

不知為何，櫻感到有點煩躁。她站起來，打算去散散心。

踏出怪人社的教室，走下樓梯，放空腦袋漫步而行……強勁的海風將制服吹得緊貼身上，也將櫻吹得半瞇起眼睛。

伸手撈向昏黃色夕陽，像是想掬起什麼一樣，櫻在沉默中做著連自己也不明白的動作。

最終，她停下了腳步……站在二年C班的教室門口。

此刻的二年C班，空無一人。

早已過了放學時間，大家都去用餐或是回宿舍休息了，所以教室內會如此空蕩，也是理所當然的事。

然而……面對眼前的「理所當然」，櫻的臉上掠過了小小的失望。

但很快她就警覺到自己的不對勁。

……為什麼我要來這呢？為什麼我要失望呢？

「……」

很快的，露出想強行撐起場面的氣勢，櫻雙手扠在腰上，擺出高傲的姿態。

「哼，只是休息時間剛好逛到這裡而已，沒看到人所以失望什麼的，我絕對沒有這樣想。」

冷清的走廊上只有櫻獨自一人。

哪怕如此，像是表演給自己看那樣，她也堅持把話說完。

「沒錯……那個長相呆得要命、眼神呆得要命、說話方式呆得要命的傢伙，才沒有資格讓我這樣認為。」

櫻一頓。

對於無端做出辯駁的自己，她忽然感到有點尷尬。

「……說起來，桓紫音老師也該看好稿了……回去吧。」

臨走前，透過有些蒙塵的玻璃窗，櫻看向二年C班角落的某個座位。

那個座位的主人、渾身上下都呆得要命的傢伙，此刻究竟在做什麼呢？

平常就相當引人注目的C高中三名美少女，由於寫作實力遙遙領先眾人，在這種關鍵時刻，更成為救世主般的存在。

而柳天雲……則像部分不善於寫作的學生一樣，即使待在原班級接受普通的輕小說課程，依舊沒有上繳任何輕小說。

已經轉到菁英班跟怪人社上課的櫻，某次「偶然」經過原班級的時候，看到柳天雲仍是一個人獨自坐在窗邊發呆。

與以前唯一的分別……那就是柳天雲托腮注視的目標，從白雲變成了碧藍的大海。

同樣露出無聊的眼神、無聊的氣場，甚至對於晶星人的降臨，這個少年似乎都不在意。

櫻盯著柳天雲看了幾秒，隨即快步遠去。

「……搞什麼呀？這個人連上課都在發呆，這種頹喪的傢伙，絕對不可能是真正的柳天雲。」

在辛勤的寫作練習中，第一個月底來臨。

為了晉升排名，墊底的Y高中來挑戰C高中了。

在一個沒有月亮的夜晚，晶星人宇宙船的光芒從天邊「叮」一聲亮起，然後帶起劇烈的音爆聲，以肉眼無法追蹤的速度迫近。

宇宙船降臨在教學大樓前的廣場，跟隨在幾名晶星人之後，Y高中的代表走了下來。

那是一個臉上掛著慵懶微笑的美少年。

他的身材修長，容貌俊美到讓人嫉妒，看起來一副聰明的模樣，幾乎是完美的

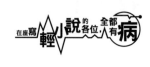

代名詞。

Y高中的代表一登場，如同魔王降臨般的恐怖氣息，風暴般席捲全場，嚴重壓迫在場的每一位C高中學生，讓所有人的牙關開始發顫。

所有人瞬間明白一件事——這個人……毫無疑問是個超乎常規的「怪物」。

怪物君掃視周遭一圈，看到站在樓上欄杆處的怪人社成員，好看的笑臉忽然凝結，露出意外的表情。

「哦？沒想到C高中……竟然有這種強者。」

他的視線停在櫻的身上，接著忽然笑了。

「這不是很有趣嗎？雖然我打算今夜就要拿到六校第一，但現在看來……似乎沒那麼容易呢。」

——!!

在怪物君話剛說完的瞬間……另一場風暴掀起了。

如果怪物君的登場帶來的是「魔王降臨般的風暴」，那從櫻身上散發出的氣息就是「絕對強者的凜冽王威」。

雙方的氣勢之強大，彷彿形成了看不見的氣勢巨獸，在半空中狠狠撕咬、互相碰撞，每一次的翻滾拉扯都會撼動大地，整座C高中都成了他們兩人比拚的戰場。

旁觀的桓紫音老師以赤紅之瞳來回觀察許久後，終於下定了決心。

她如此心想：「看來在怪人社的寫作練習中，櫻沒有拿出全力啊，碰上了真正的寫作怪物，才被強敵激發出所有的實力。話說，對面那個Y高中代表就算用怪物來形容也不足夠，這種壓迫感……該怎麼說呢，簡直就是外掛般的存在！但是……能戰！派出櫻的話，不管對手再怎麼強大，C高中也有相當的勝算！」

然而……

最終，櫻落敗了。

在經歷煎熬人心的等待後，兩所高中的代表走出了骰子房間，沒有人知道裡面究竟發生過怎麼樣的激戰——但怪物君臉上的笑容消失了。

怪物君在獲得勝利、走向宇宙船時，忽然半回過頭。

「那個誰……C高中的代表，是叫櫻嗎？妳的實力……真的很強啊。可是呢，實力強歸強，但我總覺得，如果將一個人的內心比喻成完美無缺的圓，那妳的圓……長久以來都缺了一個小角，導致跨越瓶頸的可能性不斷從缺口中漏出……櫻小姐，等妳補上了那個缺口後，再來找我挑戰吧，我會一直在頂端的位置上……等妳前來。」

宇宙船載著怪物君繼續往下一個高中出發挑戰。

這一夜，他將會奇蹟似的橫掃全場，讓Y高中成為六校第一。

怪物君離開了。

隨著臉色蒼白的櫻的沉默，C高中……成為了六校中的吊車尾。

「那個怪物君，毫無疑問是天才中的天才，在各個領域的天賦都不會比我弱小。可是……如果柳天雲沒有封筆，我們這兩年期間一直保持競爭進化狀態，我就不會輸。

「可惡……可惡、可惡、可惡——」

當夜睡覺時，櫻整個人縮在棉被裡，不斷發出無聲的吶喊。

在各方面都強勢無比的櫻，第一次碰到跟自己旗鼓相當的天才。

那個怪物君——簡直就像小說中的主角一樣，耀眼到讓人無法忽視。

不甘心的感受像針一樣不斷刺痛櫻的全身。

輸掉比賽的悔恨淚水也悄悄地流下。

「我要變得更強！」

櫻在心中下定了決心。

至少在與真正的柳天雲相遇前，絕對不能再輸了。

如果再這樣沒用下去，那個柳天雲……看到了自己的狼狽模樣後，肯定會狠狠地嘲笑自己吧。

在密集的訓練後，怪人社的成員們變得更強了。

輸給怪物君之後的某個下午，今天怪人社的課程提早開課，但是桓紫音老師進教室時，背後卻尾隨著一個非社員的人。

那是一個外表普通的黑髮少年，乍看之下懶懶散散，眼睛還常常發呆失去焦聚，加上那稍嫌凌亂的髮型，給人一種十分頹廢的印象。

「吾來介紹一下，這位是剛從黑暗血池中誕生的眷屬，於俗世中的名諱是——」

桓紫音老師話還沒說完，座位上的風鈴就發出了驚叫聲。

「柳、柳、柳天雲大人!?」

而沁芷柔則像是想起了什麼，難得安靜下來。

櫻的反應則最正常——她瞄了柳天雲一眼，心想：什麼嘛，又是這個冒牌貨柳天雲。

「咯咯咯咯……看來汝等的闇黑血脈，對新生的闇黑眷屬都提早產生了感應呢，大家似乎對這傢伙都不陌生。」桓紫音非常滿意。

「好了，讓吾來正式介紹吧——!!這個人叫做柳天雲，雖然自稱不會寫作，經過吾的赤紅之瞳偵測後，也發現他只有零點一等級的戰力……外表更不像Y高中的怪物君一樣是個賞心悅目的美男子，還是個渾身處男味、似乎未來會轉職為大賢者的殘念人士，但是呢——這傢伙很有趣！」

桓紫音故作懸念地頓了一會。

「上次吾發現這個零點一竟然按著臉大笑，完全是中二病的末期患者，吾等怪人社……正需要這種社員！

「諸位想想，輕小說這種充滿奇奇怪怪屬性的作品，正需要一個奇奇怪怪的社員來當書評，藉此釐清大家的缺點，所以這傢伙以後在社團內的定位就是——僕人兼書評！」

柳天雲聽著桓紫音老師的社員介紹，臉色越來越難看，這時候終於忍耐不住，開口插話。

「等等，我必須先澄清兩件事！」

「什麼事？闇黑眷屬零點一哦。」

「第一，我只是被妳以『參觀名義』拖來這裡而已，沒有說過要入社；第二，我柳天雲絕對沒有中二病！」

「什麼啊？說這麼見外的話，一般來說……參觀不就等於入社嗎？」

「那是哪個世界的『一般來說』啊!?」

「咯咯咯咯咯……」

桓紫音老師一邊發出奇怪的笑聲，一邊湊近柳天雲。

即使知曉年齡有一定的差距，然而被擁有東方古典美人外貌的女性靠近，還是讓柳天雲感到有點緊張。

接著——桓紫音老師像螳螂捕獲獵物那樣，迅速伸出手，抓住柳天雲的制服上衣衣領。

以散發著黑氣的陰沉笑臉，桓紫音用只有雙方能聽得到的聲量威脅：「別給你臉不要臉啊——臭小子！為了讓這些可愛的社員進步，我可是會不惜任何手段達到目的唷——？」

「⁉」

柳天雲背後的寒毛炸起。

這個女人怎麼一牽扯到寫作方面就變得這麼恐怖？

但他沒有失去鎮定，只是冷冷一笑。

「這麼說來……妳是想威脅我柳天雲？」

「賓果——‼在更可怕的事情發生之前，你就答應了吧。」

桓紫音老師的表情明明在笑，語氣也像綜藝節目主持人揭曉答案一樣快樂，可是這更讓人覺得毛骨悚然。

這個女人……很可怕。

真的很可怕。

不但是C高中目前的大權掌握者，而且整治不聽話的笨蛋，其手段也讓所有人

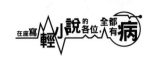

為之懼怕。

但柳天雲遭到這樣子的對象威脅……最後卻笑了。

「呵呵呵……哈哈哈哈哈哈哈哈哈……在更可怕的事情發生之前？不惜任何手段？」

重複著桓紫音老師之前說過的話，柳天雲按著臉仰天大笑。

「貧賤不能移，威武不能屈……大丈夫立足於世，別無他想，只求『心安理得』四字罷了！桓紫音老師，我這樣說……妳可能瞭解？」

「……」

聽完柳天雲的話，桓紫音老師露出迥異於往常的燦爛笑容。

櫻露出思考的表情，努力辨認眼前的招式名。

「哦哦……這招是腕十字固定？」

接著，桓紫音老師使出的摔角招式，連博學的櫻都忍不住為之讚嘆。

「竟然連雪崩式過肩摔、勾臂式窒息固定、阿根廷背部破壞技都會……桓紫音老師可真是厲害啊。」

聽見了學生的讚美，桓紫音老師回頭一笑，說：「啊，這也沒什麼，只是大學時在女子防身術社學的一點小東西而已。」
說完，她拍拍手站起來，留下地上被固定技鎖得不斷抽搐的柳天雲。
「太好了——同學們，我們來鼓掌歡迎新進成員——柳天雲同學!!」
怪人社內響起了稀稀落落的掌聲，只有桓紫音自己拍得最用力。
……這不就是單純的強迫入社嗎？櫻在心裡如此吐槽。
然而。
然而——
就在掌聲即將結束時，柳天雲的右手動了。
以右手拳頭做為支點，最後呈現單膝半跪姿勢撐起身的他，身上竟然瞬間爆發出昂揚的戰意。
那戰意……是對現實的不公所發出的嗡鳴！
那戰意……是鬥天、鬥地、鬥人，與所有事物都敢一鬥的精彩！
「難道妳們以為我柳天——」
「……」
柳天雲的怒喝剛喊出喉嚨，桓紫音老師忽然蹲了下來，把纖細的五指搭在柳天雲的肩膀上。
她的異色瞳在這一刻閃爍著恐怖至極的光芒。尤其是那隻紅色眸子，就像從地獄裂縫裡窺探塵世的視線，充滿著憤怒與不祥。

無需言語。

光靠眼神交流，就能將「再說下去的話……你會完蛋哦」這樣的訊息，傳達給柳天雲。

柳天雲吞了一口口水。

於是，被逼到極限的他，忍不住又笑了。

「哈哈哈哈哈哈……哈哈哈哈哈哈哈哈哈哈哈哈哈……」

用手掌按著臉，在大笑聲中，柳天雲霍地站起。

以突然站直的高度，他俯視著蹲在地上的桓紫音老師。

「所有人都給我聽好了——!!」

櫻：「!?」

風鈴：「!?」

沁芷柔：「!?」

雛雪：「!?」

「——我同意加入怪人社!!」

在所有人震驚的目光中，他對桓紫音老師……道出了自己最後的決定。

「不是有那麼一句話嗎？叫做『大丈夫能屈能伸』，也就是說……拘泥於過去的成見中，不知變通的人……最後只會抱著理想溺死罷了。

「我柳天雲豈是如此愚蠢之人！」

始終在一旁觀看的沁芷柔吃驚到下巴都要掉下來了，她甚至忘了自己對風鈴的怨氣，結結巴巴地轉向風鈴詢問。

「狐、狐媚女，呃……『大丈夫立足於世，別無他想，只求心安理得四字罷了』他剛剛是不是這麼說過……？」

「好像是的……」

「那現在是……？」

「唔，風鈴也不知道……」

於是在怪人社所有成員異樣的目光中，柳天雲自己找了一個靠窗的角落坐了下來。

在坐下來之後，為了展現出獨行俠的風範，他還雙手交叉於胸前，露出一副孤高不凡的模樣。

「嗚啊……不知道為什麼，本小姐就是覺得那傢伙很欠揍，好想揍他！」

「咦？不可以啦！怎麼可以揍柳天雲大人？」

「話說狐媚女，妳為什麼叫他『柳天雲大人』？」

「那、那是因為……因為……」

坐在柳天雲的前方，處於教室另一側的靠窗角落，櫻回過頭看向這些社團同伴，忍不住搖了搖頭，以不輕不重的抱怨口吻暗自腹誹。

——怎麼全都是一些怪人啊？這社團！

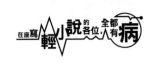

在多出一個怪人書評後，社團裡的氣氛變得活躍許多。

雖然柳天雲的工作就是讀讀輕小說而已，乍看之下非常普通，但事實並不是這樣——與桓紫音老師從專業角度所做的「教導」不同，讀者的評論與回應，對於作家來說，同樣也是不可或缺的成長食糧。

所以在柳天雲入社後的第二天，桓紫音老師指點完缺失後，所有人將當天的社團作業放到了柳天雲的桌上。

「先說好……我可是很挑剔的喔。」

柳天雲拿起沁芷柔的文章，仔細讀完後，用非常中二病的口吻做出評論。他的評論還算中肯，沁芷柔雖然生氣，卻沒有任性地辯解。

接著輪到風鈴，在剛看完第一行字的瞬間，柳天雲就以無法置信的震驚眼神看向了風鈴。

「這筆風……晨曦……？」

其實柳天雲平時故意裝瘋賣傻，也有一部分是為了隱藏起內心的軟弱。

而晨曦這個筆名，正是柳天雲內心深處的致命弱點。

沉默著看完風鈴的輕小說後，柳天雲沒有給她任何意見，只是呆呆地望著她，那表情……既似懺悔，又像渴求。

看清柳天雲的表情，櫻的胸口忽然感到一陣刺痛。

……好痛。

……胸口為什麼會這麼痛？

最終，失魂落魄的柳天雲把手伸向了櫻的紙稿。

同樣僅只閱讀前幾行字……柳天雲再次以不可思議的目光望向了櫻。

「怎麼可能……妳也是晨曦……？晨曦有兩個……？」

風鈴緊咬下唇，沒有說話。

而櫻也同樣緘默。

社團教室內的氣氛，瞬間變得無比尷尬。

社團教室內，沒有人明白風鈴開始寫作的原因。

患有人群恐懼症的風鈴從小就相當自卑。

一個人縮在角落裡，呆望著空白的牆壁，這就是風鈴童年的全部。

但是有一天，上了小學的風鈴在電視上看見「全國小學生作文大賽」的頒獎典禮。

電視上也刊出了那名小學生的文章，因為受到對方文章的吸引，風鈴終於開始嘗試新的事物——也就是寫作。

開始接觸寫作之後，許多大人都誇獎風鈴寫得很好，是寫作天才，有成為作家的才能……於是在觀察許久後，她終於鼓起勇氣……不斷讓作品參加賽事，與心目中的偶像一起進行競爭。

天能容風，風能送雲。

因為柳天雲叫做柳天雲，所以風鈴將筆名取為「風鈴」，兩者蘊含風與雲的因緣關係。在風鈴的小小心靈中，也期待著有一天能為柳天雲提供幫助。

然而……風鈴走不進柳天雲的視線中。

雖然風鈴已經相當優秀，但得獎名次始終徘徊於第五名左右。即使是天才也分等級……柳天雲以往不知道擊敗了多少所謂的天才，風鈴只是其中一個。

於是風鈴握起小小的拳頭放在胸前，對自己說：「好！風鈴要繼續加油！」

她不斷參賽、不斷參賽、不斷參賽——對於不敢鼓起勇氣與柳天雲見面的風鈴來說，寫作是兩人僅有的共通點，也是彼此之間唯一能建立的溝通橋梁。

所以風鈴更加努力，即使她與柳天雲的實力差距越來越大，也依然沒有氣餒。

哪怕身體不好，常常因為熬夜寫作而病倒，「放棄」這個詞彙也從來沒有出現在風鈴的腦海中。

但是。

但是——

在小學三年級那年，晨曦出現了。

以壓倒性的才能現身，並與柳天雲展開接連不斷的冠軍競爭，那個名為晨曦的新銳選手，確確實實地走進了柳天雲的視線中。

風鈴努力多年也未曾達到的夢想之地，卻在轉眼之間被晨曦一口氣踏入。

「晨曦……妳究竟是什麼樣的人呢……？能引起柳天雲大人的關注，肯定是件幸福無比的事吧。」

她感到茫然。

就算有一次，風鈴在寫作上有了爆發性的成長，於「五縣小學生聯合寫作大賽」獲得了第三名，名次僅次於柳天雲與晨曦……她也非常清楚，柳天雲的眼中依然沒有自己。

因為柳天雲實在太強，曾經得過第三名的人有很多，能與他一爭長短的晨曦……卻只有一個。

坐在床上抱著貓咪與小熊娃娃，風鈴總是會這麼想：「就算只有一下子也好……如果能被柳天雲大人看見的話，風鈴肯定會幸福到暈過去的。風鈴呢，好羨慕、好羨慕晨曦，如果是她的話，就算站在柳天雲大人身旁，也不會顯得突兀吧。」

患有人群恐懼症的孤獨少女，無比渴望著柳天雲對自己投以關注。

即使只是一下下也好，也想使柳天雲正視自己。

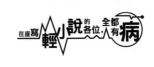

最後的最後——即使並非風鈴本人所願，事情依舊發生了。

喜歡柳天雲，所以風鈴羨慕晨曦。

羨慕晨曦，於是潛意識中出現了強烈的渴望——那就是「成為已經受柳天雲注目的晨曦」。

於是，在不知不覺中，風鈴原本的筆風漸漸產生了轉變……等到發現的時候，文章中的每一個段落，甚至是每一個字，都與晨曦無比相似。

當然風鈴無法完美重現晨曦的功力，所以她只是踩在晨曦留下的腳印中慢慢行走，即使落後了很遠、前方的道路無比漫長，她依舊每一步都踏在晨曦曾經走過的路上。

「……是呢。如果有一天……風鈴也能走進柳天雲大人的視線中，那就太好了呢。」

風鈴將貓咪與小熊娃娃緊緊抱住。

哀傷的淚水，慢慢沁入了布偶的絨毛中。

將鏡頭拉回怪人社中。

「怎麼可能……妳也是晨曦……？晨曦有兩個……？」

看見柳天雲疑惑的眼神，風鈴的臉色慢慢變得蒼白。

早在進入怪人社的第一天，看見櫻的輕小說後，風鈴就瞭解到——眼前的少女……才是正牌的、柳天雲大人一直追尋的晨曦。

如果認真辨別的話，風鈴與櫻，兩者的文章還是有細微差異。

雖然細微，卻能當作無比關鍵的證據。

——風鈴的筆調與當年的晨曦一模一樣。

——而正常來說，隨著時光流逝，寫作者的筆調自然會緩緩發生轉變。

晨曦已經在比賽中消失許久，但風鈴依舊下意識地模仿晨曦當年的筆調，刻意模仿的結果——就是筆調多年以來都完全相同。

但是，如果沒有晨曦本人的作品能夠同時比對，就算是柳天雲，也無法察覺其中的不對勁吧。

然而……晨曦本人，卻在命運之神的捉弄下，來到了柳天雲的面前，將她的作品親手放到柳天雲的桌上。

最終，坐著的柳天雲抬起了頭，將視線投注到櫻的臉上。

有生以來最認真的話語，緩緩從他的口中吐出。

「我……終於找到妳了。」

第八話 校內的中二同學需要管理員

「啊？找到什麼？」

面對柳天雲莫名其妙的發言，櫻的表情很不爽。

她全身上下每一個細胞都對眼前的少年沒有好感。

這個明明輸了又死鴨子嘴硬，全身上下都充滿殘念氣息的傢伙絕對不可能是真正的柳天雲——這種先入為主的想法，牢牢根植於櫻的心中。

與櫻的冷靜相比，柳天雲則是十分激動。

指著自己的臉，柳天雲發出呼喊：「我是柳天雲啊！」

「呃……我知道呀？」

櫻搔著臉頰，對於忽然自報姓名的對方感到莫名其妙。

對方在態度上的變化使得柳天雲焦急起來，他百分之百確定眼前的少女就是「晨曦」，只是不知道為什麼……晨曦竟然不認識自己。

歷經了上百次的冠軍爭奪戰，照理來說，晨曦應該對自己也是印象深刻。

況且，柳天雲認為晨曦是因為自己使用錯誤手段取勝才隱退，所以更應該要記得自己才對。

「……」

為了使櫻知道自己就是柳天雲，他決定採取實際行動。

拉過一張空白的稿紙，拿起筆，柳天雲開始凝思。

塵封兩年之久的寫作之門──在這一刻，被艱澀地推開了。

「什麼……！」

而在桓紫音老師的注視中，她眼中的柳天雲，代表戰力指數的光芒竟然在這一瞬間……不斷擴張、不斷增強──雖然只是從原本的零點一實力不斷延伸出去，但就像沉睡的雄獅復甦了一樣，那進步速度快到不可思議。

以短短的五分鐘寫了三百字的輕小說開頭，最後柳天雲將稿紙遞到櫻的面前。

櫻將稿紙接過，低頭一看。

「無聊。」

看了片刻後，她手一鬆，任由窗外吹來的海風將稿紙吹回柳天雲面前。

「你不是真正的柳天雲……柳天雲才沒有這麼弱小。冒牌貨，你以後能盡量避免跟我說話嗎？」

說完話後，櫻轉身離去。

將怪人社所有人拋在身後……將柳天雲拋在身後……同時將多年以來對「真正的柳天雲」的期許，也一併拋在身後。

櫻獨自坐在鞦韆上，身體凌空不斷地前後晃盪。

不知從何而來的倔強，讓櫻不願與柳天雲相認。

「就算柳天雲宣布封筆了，他也肯定像我一樣，躲在某處偷偷修煉著寫作實力，準備哪一天跳出來給我一個驚喜吧？好——!!我可不能認輸了，就算柳天雲沒有參加公開比賽，我也必須讓實力繼續變強！」

這兩年間，櫻抱持著這樣子的想法，好不容易才度過沒有參加比賽的兩年，沒有變回從前那個對什麼事都覺得無聊、淡漠無比的自己。

對於柳天雲這位多年以來的勁敵，櫻的信任近乎盲目，甚至超乎了柳天雲對自身的信任。

然而……多年後，出現在面前的柳天雲，卻是一副頹廢的模樣。

文如其人，在看見柳天雲寫出的輕小說的那瞬間，櫻就明白了——這兩年期間，柳天雲逃避了一切，將寫作上的所有可能性……徹底捨棄。

現在的他，文字疲軟、意志不堅，實力退化到了小學三年級時的程度。

雖然小學三年級時的柳天雲也很強，但如果所有人都使出全力比賽的話，柳天雲絕對會輸給自己、風鈴、沁芷柔，最多也只能排到校內第四。

當然，櫻並非因為此刻的柳天雲實力弱小，所以不願承認他的身分。

而是因為現在的柳天雲就像一灘死水，對於櫻而言，只是一個披著「過去的柳天雲」外皮的陌生人。

怪物君曾經對櫻這麼說過——

「如果將一個人的內心比喻成完美無缺的圓，那妳的圓……長久以來都缺了一個小角，導致寫作進步的可能性……不斷從缺口中漏出。」

缺了的那個小角，無疑就是使櫻寫作啟蒙的……柳天雲。

在櫻的心目中，占據了如此重要地位的柳天雲，此刻所帶給她的反差失落感，也是強大到幾乎沖垮她的心靈。

「……柳天雲，現在的你……簡直無聊透頂。」

櫻跳下鞦韆。同時以決絕的口吻，發出了誓言般的話語。

「哪怕你已經發現真相了，那也無所謂……在你主動拾起寫作覺悟之前，我絕不會承認自己就是晨曦。」

然而，櫻的課堂表現開始停滯不前。

她已經整整一個禮拜沒有進步了。

就算是天才也有遇上瓶頸的時候，敗給怪物君的震撼、發現柳天雲封筆墮落的苦悶、背負C高中未來的壓力，太多沉重的情緒攀附在櫻的身上，使她感到舉步維艱。

桓紫音老師關切的目光，也逐漸投到了櫻的身上。

這一切對從小就才華橫溢、字典裡從來不存在「失敗」二字的櫻來說，是相當巨大的打擊。

「……只是暫時的而已。就算沒有柳天雲……沒有競爭對手，我也能變得很強。」

像催眠般如此告訴自己，櫻不斷加大自己的寫作練習量，試圖突破困境。

但是，瓶頸之所以為瓶頸，因為那是一扇會困住無數人的理想之門。那門往往只能獨自去推開，越是心急，推得越累，就會產生大門越來越堅固的錯覺。

簡單來說，心態越是毛躁，作家反而會被瓶頸困住越久。

嘗試在水龍頭下打坐淋浴、在颱風中頂著風雨跑步、練習用刺拳打下蚊子……舊有世界中的作家們，用來突破瓶頸的方式往往都很特殊，只有找到屬於自己的方法，才能看見瓶頸之門後面的光景。

而櫻……卻遲遲找不到屬於自己的方法。

怪人社的成員們並沒有對她施加壓力，但她無法度過自己這一關，行動開始變得極端。

先是每天加倍練習……接著變成熬夜寫作，最後連飯都不吃了。

很快櫻就消瘦下去，原本就相當苗條的身材，顯得更加單薄。

瓶頸像斷崖般阻擋在櫻的面前，她明明看得見前方的景色，身軀卻被眼前的萬丈深淵所阻攔，哪怕夢想之地就近在眼前，前進的步伐也會遺憾告終。

在桓紫音老師的建議下，櫻決定休息一天不去怪人社，獨自去散散心。

這一天，櫻的腳步幾乎踏遍了整座C高中，甚至還走到C高中的邊緣去看看大海。蔚藍的海水波光起伏，大浪時而沖上岸邊，帶走無數白沙、帶走許多偷偷爬上陸地的螃蟹，卻帶不走櫻心中的煩悶。

櫻站在一塊黑色大石頭上眺望大海，強烈的海風吹動她的裙襬。海風持續吹拂，裙襬不斷上下飄飛，在嘗試壓了幾次裙子後，櫻放棄了白費力氣的行為。

「反正也沒有人會看到，算了……」

她心裡才剛這麼想，身後忽然響起了腳步聲。

櫻回頭一看，居高臨下地看清了來者。

「……柳天雲？」

接著，櫻的腳在石頭上一踏，借力迅速衝了出去，一記帶著衝勢的勾拳狠狠灌在柳天雲的腹部上。

「嗚噗！」

突然遭受強烈的重擊，柳天雲痛苦地捂著腹部。

一邊努力想直起腰來，柳天雲指著櫻，顫抖著發話。

「妳……妳為什麼亂揍人？我才剛靠近而已！」

「哼，制裁一個尾行少女的變態，這揍人的理由夠充分吧？」

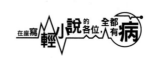

「哪裡充分了啊！」

櫻以鄙視的眼神看著柳天雲。

為了使愚魯的對方可以明白，她決定把話說得再清楚一點，讓對方被揍也能心服口服。

「……我剛剛站在高處。」

柳天雲一聽，眉頭挑了起來。

「那又如何，我柳……」

柳天雲一句話還沒說完，櫻就打斷了他，繼續把剛剛的話接了下去。

「……而且我沒有穿內褲。」

「欸？真的？」柳天雲呆了一下。

看到對方的反應，櫻的表情似笑非笑。

「你說呢？」

「……」柳天雲沉默。

兩人對視片刻後，又吵了幾句，最終一起在黑色大石頭上坐了下來。

海風依舊很大，但這次櫻把裙襬壓得很牢，率先發問：「所以你果然是喜歡跟蹤少女的變態吧？」

「才不是！」

「那你來這裡幹麼？這裡這麼偏僻，平常應該不會有人來。」

「哼，我柳天……」

「──螺旋搏擊！」

「嗚噗！」

「啊……真抱歉，因為感覺到你好像要說廢話，所以不小心出拳阻止了。」

「一般有人會用拳頭阻止的嗎！」

「別計較了，真是個心胸狹隘的男人。所以你到底來這裡幹麼？」

「哼，真是個心胸狹窄的女人，罷罷罷，我柳天雲就告訴……嗚噗！」

「……莫怪我又出拳，別在我面前提『心胸狹窄』這個詞，總覺得很刺耳。」

「……」

「這是我第三遍問了，你到底來這裡幹麼？」

柳天雲猶豫了一下，似乎在考慮該不該透露。

由於近距離他沒有把握閃過櫻的拳頭，最後還是決定說實話。

「……這裡是獨行俠的王座之一。」

「講人話。」

「每個獨行俠，都會找到一個適合自己獨處的地方，來避開喧囂與別人的目光，這裡就是我選定的思考王座。在妳來這裡之前，我幾乎每天都會抽空來坐坐。」

櫻點了點頭。

……似乎打錯人了呢。

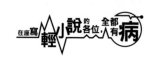

發覺柳天雲並非尾隨自己過來，櫻有點不好意思，但又拉不下臉來道歉，最後只是哼了一聲。

於是她跳下黑色石頭，「呼嗯，既然你都這麼說了，本小姐就勉為其難把這裡讓給你吧。」

雖然話說得倔強，不過櫻畢竟以行動來表達誠意了。她拍了拍裙子上灰塵，眼看就要離去。

就在這時，柳天雲以相當猶豫的語氣開口叫住了櫻。

「那個……等一下！」

「？」櫻回眸。

柳天雲眼睛不太自在地轉了轉。

「妳想想……那個……我畢竟也是怪人社的一員，又常常閱讀妳們寫的輕小說，最近我發現了一件事，想要跟妳說。」

「……你說吧。」

「就是啊……妳最近寫輕小說似乎不太順利，是不是哪裡出了問題？」

櫻的心沉了下來。

被擁有「赤紅之瞳」的桓紫音老師看出異狀就罷了，此刻連柳天雲都開口關切自己。

在大自然裡，動物受傷後會努力藏起傷處，假裝沒發生過任何事，使自身不會

被其他野獸看出破綻。一旦被其他野獸發現自己受傷，受傷的動物往往會表現得特別猙獰，以凶猛的偽裝來捍衛自身安全

此刻的櫻，也是同樣的道理。

就算只被桓紫音老師看出狀態不佳，對於櫻來說就已經非常難受。

現在知道真相的人又多了柳天雲，哪怕他本來就對寫作這一塊格外敏銳，亦讓櫻的自尊心……產生了些許裂痕。

但她還是忍耐了下來。

「……沒有那種事。」櫻輕易地撒了謊。

她轉身想走，柳天雲的聲音，卻又從後面飄了過來。

「……是嗎？我看得出來，妳好久沒有進步了。」

櫻沉默。她背對柳天雲，表情越來越難看。

柳天雲看不見櫻的表情，為了不傷到對方，他努力讓語氣聽起來像隨口提到的樣子。

「身為寫作者，遇到瓶頸其實是很正常的事。我之前聽網路上一個編輯說過，遇到瓶頸反而是值得恭喜的事，因為通常跨越瓶頸之後的作家都會變得更強，也可以視為變強的契機……」

「……」櫻還是沉默。

柳天雲繼續說了下去：「妳不用太擔心，就算輸給怪物君也只是暫時的，以後還

有很多機會復仇……」

「……」櫻依舊沉默。

平常很少跟人談天的柳天雲，本來說話還有點遲鈍，這次說了一大串安慰人的話，完全是為了幫助櫻。

身為旁觀者，他將櫻的困境都看在眼裡，想盡自己的心力去幫助她走出瓶頸。

「所以說……」柳天雲本來要繼續說下去，這時候櫻卻猛然轉過了身，面向他——

她的臉上充滿負傷野獸般的憤怒。

「吵死了……吵死了！給我閉嘴！喪家之犬有什麼資格對我說教！」

柳天雲一怔，隨後慢慢安靜了下來。

多日無法進步形成的苦悶，在這時候盡數成了怒火，一口氣湧上櫻的全身。怒火奪去了她的理智，讓她瞬間變得無比盲目，像是要拚命宣洩自己的怒氣那樣，將心裡的惡念怒喊出聲。

「遇到困難就想逃避，一逃就逃了兩年！連自己這一關都過不去的人，少用無關痛癢的口吻來剖析別人的事情！」

柳天雲雙眼慢慢垂低，像是同樣被觸到了傷處那樣，緘默下來，沒有出聲反駁。

已經知曉櫻就是晨曦的他，聽到櫻這樣說，臉色變得蒼白起來，想要苦笑又笑不出，最後露出夾帶哀傷與痛苦的複雜表情。

看到柳天雲的表情，櫻忽然清醒了過來。

她並不知道「晨曦」這個詞彙在柳天雲心中的地位。

甚至……櫻也不清楚柳天雲是因為自己消失才跟著封筆。

此刻，看見柳天雲那苦澀的笑容，櫻的心裡忽然感到一陣悶悶的絞痛。

兩人對望許久後，誰也沒有再開口說話。

最終，櫻轉身快步離去。

柳天雲想起了很多以前的事，想起了晨曦。他在黑色石頭上縮成一團，蜷曲著身體，將臉孔埋進臂彎裡。

一動一靜的兩人，背對對方不斷拉開彼此的距離。

他們身上的落寞感……

在這一刻，無比相似。

與柳天雲在海邊交談過後，櫻依舊無法跨越瓶頸，好似被蜘蛛網纏住的蝴蝶，越是掙扎，網子收縮得越緊。

桓紫音老師為了讓櫻恢復正常，給了她更多休息時間。

在空閒下來後，櫻多了很多心思能去觀察周遭。

她發現：風鈴望向柳天雲的目光總是特別溫柔。

藉由卓越的觀察力，櫻也猜出了風鈴模仿自己筆風的原因。

面對這種情況，櫻只能搖搖頭，同時對於柳天雲更加不滿。

「真是罪孽深重啊，柳天雲那混蛋。」

但是——聽不到櫻心中責備柳天雲本人，情緒則十分低落。

不善於瞭解別人心意的他，完全搞不懂櫻——也就是晨曦，上次在海邊為什麼批評自己。甚至「自己對於晨曦來說根本不重要」這種令人恐懼無比的猜測，也在腦海中出現過，但馬上被柳天雲甩出腦海。

不斷胡思亂想的柳天雲，在怪人社上課時，被桓紫音老師的粉筆狠狠丟中。

「闇黑眷屬零點一哦——不准在上課時看窗外發呆，大海有什麼好看的！」

「那個……我好像是書評來著，為什麼還要聽課？」

「臭小子！不准質疑偉大的吸血鬼皇女！」

堪稱神技的三連發粉筆飛來，撞上了柳天雲的眉心。

一天即將結束，太陽已經快要落到海平面下，殘陽疲軟無力地籠罩世界，將大海也染成了橘紅色。時而破碎的海浪在落日的映襯下，產生一種妖豔的美感。

一棵斜立於海邊的大樹，也同樣在夕陽的覆蓋範圍中。

櫻坐在離地兩公尺的樹枝上，望著海面默默思考。

今天她也沒有去怪人社上課。

櫻最近的思緒變得很遲鈍。在親身體驗過後，她才發覺瓶頸是多麼可怕的東西。

坐在樹上半小時後，最後一絲陽光也消失了。

這時候，不遠處忽然響起了腳步聲。

「……？」櫻回頭看去。

結果又看到了柳天雲。

「啊！」

「啊！」

他們兩人同時看見對方，也同時伸手指向彼此，既驚訝又錯愕。

櫻甚至還來不及思索，內心的想法就脫口而出。

「為什麼又從我背後出現了!?你果然是變態跟蹤狂吧！」

「……誰是變態跟蹤狂啊！」

「那為什麼你又出現了！」

「……因為妳屁股下坐的地方，是獨行俠的王座之二。」

「你說人家現在坐的這根樹枝？」

「……對。」櫻露出無法置信的表情，「你這傢伙究竟有多麼殘念……多麼邊緣

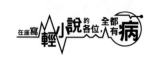

呀……你到底有幾個王座？」

「二十六個。」

「太多了吧！」

「……世界的惡意何其之多，加上獨行俠總是無法被世人所理解，二十六個我還嫌少。」

「……」櫻無言。

吵到這裡，兩人忽然都安靜了下來。在突發事件後，於尷尬的沉默中，才同時想起了之前在海邊吵架的事。

櫻低下頭，想了想，臀部一滑，從樹枝跳下，輕巧優美地落地。

「……還給你吧，這個殘念王座。」

「是獨行俠王座！」

「別在不重要的地方拚命強調！」

「這很重要。」

「哪裡重要了啊!?」

本來打算冷淡離去，櫻的吐槽想法卻又被柳天雲勾起。

這傢伙總是能讓身為詐欺師的自己情緒失控，就某方面來說，也是不得了的才能。

重複深呼吸幾次控制怒氣，櫻從柳天雲旁邊擦過，在最接近的時候，兩人只距離不到十公分。

櫻拋下了最後一句話。

「我回去了，再見。」

「……等等！」

她本來正要走，卻意外地被柳天雲抓住了手。

「咦？」櫻發現自己的手被抓住，先是愣了一下，接著對柳天雲笑了。

「羚羊拳！」

「嗚噗！」

以空著的手打出腹部羚羊拳後，櫻像要擦去灰塵那樣，拍了拍手掌。

「這是買豆腐的代價。」

「什……什麼……買豆腐？」柳天雲的話聲帶著痛苦的呻吟。

櫻的臉頰有些紅了，隨後高傲地回答：「吃女孩子豆腐必須付出代價的。啊啊……不過像你這種殘念又邊緣的魯蛇，大概也是鼓起十足的勇氣，才下定決心來牽女孩子的手吧，看在勇氣可嘉的分上，算你半價就好。」

「所……所以說原本妳打算揍我兩拳？」

「你說呢？」櫻又露出了似笑非笑的慣常表情。

柳天雲遲疑了一下，做出回答：「呃……不過坦白說，我不是第一次牽女孩子的手。」

櫻一聽之下大為震驚，就連隼在外面賭輸幾億元也沒讓她這樣過，但柳天雲「牽過女孩子的手」這消息卻讓她難以冷靜。

但在震驚當中，她很快就想到唯一的可能性，點點頭，露出理解的笑容。

「什麼嘛……牽過媽咪的手可不算喔。」

「……不，不是母親的手，而是同齡女生的手，而且是美少女。」

「!?」

「妳為什麼要這麼驚訝！」

櫻猶豫了很久，腦袋裡終於擠出第二個解釋。這次她摸著光滑的臉蛋，覺得柳天雲很可憐。

「啊、啊啊……是這樣啊……你買過春吧？也是呢，根據統計，本國有百分之十五的男性曾經進行過金錢性交易，沒想到你這麼年輕就……」

「——才不是！」

「不然你牽過誰的手！說啊！」

柳天雲有點不自在地轉換了一下站姿，眼神飄開後才做出回答：「……風鈴的手。上次她在看有關星座跟手相的書，興匆匆地來找我看手相，那時我們牽了手。」

「原來如此。」

櫻不知道為什麼，忽然覺得有點不是滋味。

她在腦海中想像了風鈴的外貌，「這麼說來的話，風鈴頭上的貓咪頭飾大概是毒抗性裝備。」

「……妳是什麼意思？」

「哼，接觸到你之後還沒被分解掉，肯定是毒抗性裝備帶來的功勞吧？」

「別把人說得像史前細菌一樣！」

「呼嗨。」

「也別用『呼嗨』來打馬虎眼！」

柳天雲盯著櫻白皙的臉龐。

像是閒談終於結束了那樣，他的表情變得相當肅穆。

連櫻也無法否認這個少年的認真。

「我說啊……櫻。」

「幹麼？」

「我真的很沒用。」

「……我知道，這不是當然的嗎？」

柳天雲繼續把話說了下去：「……我雖然很沒有用，既不會說話又孤僻，長得不是特別帥氣，身材不是特別高，除了寫作之外沒有任何優點……在封筆之後，甚至連這個優點也失去了。現在的我，可以說是一無是處。」

「……是嗎？」

聽到柳天雲這麼乾脆地坦承自己的弱小，櫻都有點不忍心再吐槽了。

她有些拘束地將粉色長髮捲在手心把玩，一時不知道要怎麼回答。

但柳天雲解除了她的困窘，緩慢地開了口：「我的寫作道路……已經被我自己封印住了。可是櫻，妳跟我不一樣，妳很強，潛力無限，前面的寫作之道很長很長。如果小時候還在學習的我，看見現在的妳的話，大概會很崇拜吧。」

「……」

「所以了，這麼厲害的妳，受一無是處的我所崇拜的妳……肯定不會被區區的瓶頸給難倒吧。」

「……」

「我相信妳絕對可以東山再起，突破瓶頸變得更加厲害。」

柳天雲說到這，搔了搔臉頰，有些扭捏地從口袋裡掏出了某樣東西。他將那東西握在手心，櫻看不見那是什麼。

他慢慢走向櫻，將拳頭在櫻的面前攤開。

……掌心裡，躺著一串墜飾。

那墜飾是由數個小面具所構成，以紅色細線穿過小面具，末端用絲線結成一掛飄盪的紅穗，位於最上方的面具是紅紋狐面。

「送給妳，這是提前慶賀妳突破瓶頸的禮物。」

櫻垂下視線，怔怔地望著那個狐面墜飾。

她的視線彷彿凝固了，狐面墜飾在她的視野中越來越巨大，彷彿佔據了整個世界，沒有任何東西能爭搶一絲風采。

最後，櫻的眼睛裡出現了水霧。

那水霧不斷聚集，最後形成了淚水，自櫻的眼角滑落。

——!!

在這一剎那，櫻的情緒瞬間崩潰，淚水不斷掉下。

「什麼嘛、什麼嘛、什麼嘛、什麼嘛、什麼嘛、什麼嘛、什麼嘛，你搞什麼——！為什麼要對我這麼好!?

「人家……我……上次在海邊明明對你很凶……明明對你說了那麼過分的話……

「不是說自己是一無是處的人嗎？不是說自己是獨行俠嗎？那就照你平常的作風，照你對一切都置身事外的態度……不要理會我啊——!!」

像是小孩子洩忿似的，櫻用力捶了柳天雲的胸膛一拳。

柳天雲的身軀沒有絲毫動搖，默默承受了那一擊。

見他這樣，櫻眼淚掉得更厲害了，眼睛哭得稍微腫起。

「這樣子的我，一直揍你、一直吐槽你、一直凶你……你不要對我這麼好！對別人無條件付出溫柔，是會受傷的，你懂不懂！」

柳天雲點點頭，說他明白。

摸了摸櫻的頭髮，柳天雲的語調變得很溫柔：「沒關係，我早就已經習慣受傷了。」

「不要擅自把話說得這麼帥氣！」

「嗯。」

「不要對別人這麼好！」

「嗯。」

「不、不要輕易就牽別的女孩子的手！」

「嗯。」

不管櫻說什麼，柳天雲都只是輕聲答應。

最終，櫻緊緊抓住了柳天雲的身體，將頭靠在他的胸口處，大哭了一場。

良久，當重新抬起頭來之後，櫻的雙眼變得很腫。

「……這墜飾我收下了，謝謝你。」

「嗯。」

收到櫻難得的感謝，柳天雲輕輕點頭。

這時候天色徹底暗了下來，櫻緩緩從柳天雲的胸口處退開。

她在哭完之後，忽然發現自己剛剛在對方胸前哭泣的行為簡直曖昧極了，讓她臉上像發燒一樣瘋狂發燙。

失去了平常的氣勢，櫻有點怯弱地道：「我、我們回去吧？」

「嗯。」

柳天雲與櫻一起走回C高中校園。

櫻剛剛哭了太久，鼻端仍不時抽噎。

此時她忽然想起了一件事，忍不住對柳天雲說：「對了，柳天雲……送禮物安慰別人這件事以你來說，還真是聰明的主意，看來我必須重新評價你了。」

「呃……其實那不是我自己想出來的啦。」

「!?」

「上次我跟風鈴借了那本星座的書，從裡面看到了天蠍座的女孩子會喜歡小禮物。妳是天蠍座的沒錯吧？所以我想試看看。」

「哈啊？用別的女孩子那邊借的書討好另外一個女孩子，你這傢伙還真是……」

「……妳想說『真是混蛋』嗎？」

「……」

「沒關係，能讓妳恢復正常的話，當混蛋也無所謂。」

櫻的臉又紅了，扭過頭去。

「剛、剛剛都已經說過了，不要擅自把話說得這麼帥氣！」

「可是獨行俠本來就很帥，那是發自內心的帥，沒辦法改變的。」

「少胡說八道了！」

兩人越來越靠近C高中，天色已經完全暗了。

由於這地方十分僻靜，路上的小路非常狹窄，為了避免同伴摔跤，柳天雲抓住了櫻的手。

櫻有點吃驚，微微一動，但最後沒有掙脫。

兩人牽著手，又走了十分鐘的路程，C高中已經近在眼前。

在即將踏入教學大樓前的廣場時，櫻忽然又想起了一件事，「對了，你還特地準備了禮物，這說明……你果然是跟蹤我過去的吧？」

「……」

「你怎麼不說話？」

柳天雲露出了笑容。

這次他的笑容，似笑非笑，跟櫻常常露出的笑容很像。

「妳說呢？」

就連招牌台詞，也跟櫻一模一樣。

「……」

「羚羊拳！」

「嗚噗！」

兩人之間的相處模式，在這時，似乎又回到了平常的型態。

唯一不同的是，彼此牽起的手，一直沒有放開。

又一天的社團課程結束後，在桓紫音老師的旁觀下，怪人社眾成員將當天寫好的稿子放在柳天雲桌上。

「呵呵呵……能閱讀本小姐的輕小說，本小姐准許你露出滿心期待的雀躍表情——」

柳天雲露出一對死魚眼。

沁芷柔不滿地鼓起雙頰。

「什、什麼啊！臭柳天雲，你那是什麼眼神？」

「那個……風鈴覺得柳天雲大人可能累了。」

「他每天上課就只是在閃粉筆跟發呆而已，怎麼可能會累。話說狐媚女妳為什麼總是叫他『柳天雲大人』？該不會巴結男人已經成為習慣了吧！」

「咦……可是柳天雲大人就是柳天雲大人。」

「妳還說！吵死了，不要一直重複那個詞彙！」

「可是柳天雲大……」

桓紫音老師的手刀從上方降臨，同時斬在風鈴與沁芷柔的頭上。

無視抱著頭叫著「痛痛痛……」同時蹲下去的兩名怪人社成員，桓紫音老師伸手示意柳天雲可以開始看了。

柳天雲閱讀的速度很快，迅速給出了心得。

「沁芷柔的輕小說太過執著於角色的塑造，在開頭浪費了很多篇幅；風鈴的輕小說十分完善及全面，但有點缺乏自己的特色；而……櫻……妳寫得很好，我沒有可以挑剔的地方。」

柳天雲的視線轉到櫻的身上後，眼神有了一點變化，不再是之前的死魚眼了。

比誰都更加關注「柳天雲大人」的風鈴，敏銳地察覺到柳天雲身上的變化。就像失去了曾經可能屬於自己的東西那樣，風鈴原本白裡透紅的臉蛋上瞬間失去了血色，嘴角噙著苦澀的笑容。

不過，在這份無法排散的淒苦中，風鈴很快又心想：「柳天雲大人能找到真正的晨曦，真的是太好了呢。」

雖然這麼想的同時眼淚差點落下，不過風鈴堅強地忍住了，於大家的面前抬起頭來時……再次綻放溫柔的微笑。

怪人社中，幾乎每個人心中都有屬於自己的小祕密存在。

柳天雲對於晨曦的態度產生了困惑，與無比的失落。

櫻對於柳天雲有了不諒解，與不願相認的倔強。

風鈴對於柳天雲大人，則是在替他高興之餘，獨自黯然神傷。

雖然平常行為有點粗魯，其實內心深處相當柔軟、容易受傷的沁芷柔，這時候……還沒有人真正明白她心中的想法。

這樣子的大家，擁有屬於各自的思念，懷抱成為六校第一的共同目標，朝夢想之地不斷往前奔跑。

維持著微妙的社團氣氛，就這樣，晶星人降臨後的第二個月結束了。

攸關資源分配的六校排名戰……再次來臨。

在楓紅的溫暖夜晚中，晶星人駕駛太空船再次到來。

C高中最強的三名寫作者——櫻、風鈴、沁芷柔順理成章地代表出戰。

當月被排名較低的學校擊敗、取代名次的話，就會喪失當月往上挑戰的權力。上個月大家被Y高中打敗了，所以這還是C高中第一次擁有往上挑戰的資格。

現在六校排名的順序是Y高中、A高中、B高中、D高中、E高中、C高中。

對於位處墊底、食物又幾乎用盡的C高中來說，這是背水一戰的戰役。

——絕對不能輸！

——否則學校裡就會有人餓死！

身懷如此的抱負，C高中三名代表坐在宇宙船上的時候，都比平常安靜許多。

「吶吶，狐媚女，妳應該不會因為緊張而發揮不出實力吧？如果會的話，趁現在哀求本小姐，本小姐還可以大發慈悲地教妳消除緊張的小魔法喔。」

「風、風鈴才不會緊張呢……」

話雖這麼說，風鈴的十指已經無意識地緊緊絞在一起，怎麼看都不是輕鬆的模樣。

坐在一旁的櫻，原本正在閉目養神，這時候卻睜開她寶石般純淨的漂亮眼睛。

「不用擔心，有我在。況且，像怪物君那種不合常理的輕小說家，不太可能有第二個。再說……現在經過修煉的我，就算碰上怪物君也有一定的把握取勝。」

說到這，櫻想起了柳天雲。嗯……如果柳天雲是在其他高中，實力又沒有下滑的話，絕對會是非常恐怖的強敵吧。

明明嗓音嬌嫩，櫻的話語卻帶著超乎想像的魄力，讓風鈴跟沁芷柔都慢慢安下心來。

又過了一陣，在快要到達目的地——E高中之前，櫻想起了一件事。

「話說乳牛。」

「……本小姐叫做沁芷柔，妳就算跟桓紫音老師同病相憐，也別跟著亂叫好嗎！」

櫻摸了摸胸前，忽然有點不爽。

她勉強按捺不滿的情緒，繼續詢問。

「好吧，沁芷柔，剛剛妳提到『消除緊張的小魔法』，其實我有點好奇那是什

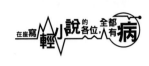

麼。」

「啊啊……這樣啊，既然是妳問的話，免費告訴妳也不是不行啦……」

「嗯，我聽著。」

「消除緊張的小魔法就是——在手上畫個人字虛吞，重複十次。這是媽咪告訴我的，很有用喔！」

沁芷柔一拂漂亮的金髮，相當得意。

而櫻跟風鈴難得一致地露出了「妳究竟有多天真啊！」的表情。

宇宙船降臨在E高中的空地上。

早就在這裡等待許久的E高中學生們包圍著宇宙船。

櫻、風鈴、沁芷柔走下宇宙船後，頓時陷入重重人牆的包圍中。

然而……

然而——

很快地，E高中所有學生都開始劇烈打顫。那是從腳部開始蔓延、如瘋狂的浪潮般席捲全身的恐懼。

「怪、怪物……！又是一頭怪物！」

「不可能！這樣子的怪物……除了Y高中那個『怪物君』之外，竟然還有第二位嗎!?」

風鈴跟沁芷柔對看一眼，都看出對方小臉上的疑惑。

稍早在宇宙船上時，一直有在關注寫作比賽的沁芷柔，向大家鄭重表示E高中其實有一位寫作高手，那就是曾擔任寫作月刊「這篇小說真厲害」主打星的輕小說家──飛將。

「飛將」是將棋的棋子之一，可循縱向、橫向自由行走，能夠越過玉將、太子、大將、副將、角將、飛將、猛龍、飛鱷以外的棋子，更可以捕殺所有被越過的敵方棋子。

以將棋的生態來說，能夠橫衝直撞的飛將，無疑是棋盤裡強大的助力。

敢以飛將為筆名，代表這個人對自己信心十足！

「欸？」

「咦……？」

風鈴跟沁芷柔依舊很困惑。

擁有「飛將」這麼強大的輕小說家的學校，竟然每個人都在渾身發抖……？就好像世界末日到了那樣。

但她們兩人不明白──

此刻，E高中的所有學生正面臨怎麼樣的壓迫感。

在他們眼中，站在最前方的櫻，正如同從煉獄降世的魔神般，散發出無比驚人、足以將對手的戰意燃燒殆盡的龐大氣勢。

那氣勢帶給人的壓力之鉅，如同整座高山向自己狠狠倒來，又或是滾燙的火山迎面噴發……不管是什麼樣的情境模擬，他們眼中能看到的只有濃濃的絕望。

「我們是C高中的代表，來挑戰你們了。」

而一切的始作俑者——櫻，則是淡淡地發出戰鬥宣言。

「將你們的最強者派出來。」

E高中開始有學生腿軟跪倒在地。

腦袋瓜都十分聰明，開始察覺到敵人膽怯原因的風鈴與沁芷柔……她們在這一天，終於較為客觀地瞭解到一件事。

那就是——與自己朝夕相處的這位夥伴，實力究竟有多驚人。

櫻、風鈴、沁芷柔再次回到了太空船上。

由於E高中主動投降，C高中不戰而勝，三個人都沒有出手。

E高中的最強輕小說家「飛將」，在E高中的學生們喪失戰意投降前，曾經被其他學生強硬地推出來，要他出戰對抗C高中。

但是，早在C高中來臨前，飛將的心靈就已經崩潰了。

似乎經歷過什麼巨大的打擊，飛將不斷大叫著「我不要比了……好可怕……所有人都一樣，最後只能等死……等死」。身為輕小說家的另一個他……顯然已經徹底粉碎了。

透過E高中學生們的交談，櫻等人推測出一個驚人的事實：怪物君曾經挑戰過E高中，由於壓倒性的實力差距，讓飛將陷入了無比的絕望中，從此喪失信心，再也無法寫作。

風鈴偷偷看了櫻一眼。

她柔軟的內心如此想道：

……怪物君到底有多強呢？

……櫻呢，就是當年的晨曦，她現在也跟怪物君一樣強嗎？

想了想，感到不明白的風鈴有點頭疼。

但是，最後她還是偷偷得出了結論。

「嗯！不管怎麼說，最厲害的還是柳天雲大人吧！只要柳天雲大人振作起來，風鈴相信……他一定會是最強的！」

對柳天雲抱持著近乎盲目的信任，風鈴想起了柳天雲的身影，露出甜甜的笑臉。

雖然D高中也擁有兩名曾登上「這篇小說真厲害」主打星的高手，名氣甚至比飛將還要大，有「地區雙星」的美名，但他們還是慘敗在怪物君的手上，身為輕小說家的部分徹底死去，再也無法動筆寫作。

緊接著，D高中也投降了。

再度坐回宇宙船上，一路上發現怪物君留下的戰績，讓C高中眾人臉上的表情都變得有點沉重。

除了櫻對自身依舊抱有強大的自信，風鈴跟沁芷柔都變得有點膽怯。

接連贏過E、D高中後，六校之間的排名就變成了Y、A、B、C、D、E這樣子的順序。

C高中排名在第四，已經處於中下游的安全地帶，徹底脫離每一份食物都必須謹慎分配的吊車尾，也能使用晶星人給予的高科技道具，享有更豐厚的寫作資源。

得到這樣的成績，大家都鬆了口氣，雖然櫻認為能繼續贏下去，但三名少女討論過後，保守起見，決定先返回C高中。

C高中的饑荒終於得到緩解，又辛苦修煉了一個月後，在再次來臨的晶星人面前，櫻跟桓紫音老師交談了片刻。

「櫻，B高中可是很強的哦，汝有把握嗎？」

「……那當然。」櫻露出自信的微笑。

她笑的時候雙頰出現小小的酒窩，看起來非常可愛。

桓紫音老師點點頭，目送怪人社三名少女再次登上宇宙船。

於是，宇宙船朝B高中的方向飛去。

一個名為「小秀策」、實力遠超以往學校的強大輕小說家，也正在那裡等待她們。

B高中是一所歷史悠久的升學學校，力求傳統的校譽極為良好，規範比起其他學校也更加嚴格。如果化為鳥兒從高空鳥瞰，可以看見B高中的校舍擺置呈現W字型。

眾人在很久以後才明白，那個W代表的是勝利「Win」的字首。

萬里無雲的夜空下，B高中的眾人結成一個方陣，一千多對眼睛盯著宇宙船降臨。

而B高中眾人陣型的最前方，一個穿著雪白制服、手拿白扇、腳穿白布鞋，幾乎一身通白的學生，一臉不屑地仰起臉孔，朝C高中眾人瞪視。

這個人是曾經連霸十一次「這篇小說真厲害」專欄，在這方面的得獎次數甚至超越封筆的柳天雲的……小秀策！

小秀策首先看見風鈴跟沁芷柔，他「啪」地一聲展開寫有「小秀策」三字水墨簽名的白扇，一臉不屑。

然而，看到最後從宇宙船裡鑽出的櫻之後，小秀策的表情頓時有了誇張的變化。

「妳、妳、妳、妳、妳……妳、妳是柳、柳天雲？」

拿著紙扇呆呆地指向對方，像是電腦當機那樣。感受到櫻身上流露出的氣勢後，小秀策竟然連話都說不好。

當年的柳天雲給他的強者印象實在太過深刻，所以在感受到櫻恐怖的氣勢後，他第一個反應就是「這傢伙是柳天雲」。雖然覺得柳天雲封筆後實力可能會退步，但柳天雲在寫作界的統治力，對每個曾經參賽投稿的寫作者來說都是夢魘。

但小秀策馬上想起當年被記者採訪的柳天雲是男性，眼前粉櫻色頭髮的美少女，完全是突然蹦出來的強者。

「……不對，不是突然蹦出來的。鄙人知道妳是誰了……」

小秀策不愧是強悍的輕小說家，雖然遭到櫻的氣勢壓迫，但花了點時間習慣後，終於冷靜下來，說話也變得順暢。

「妳是晨曦，當年曾經出現過——能與柳天雲一較高下的寫作強者！甚至就連棋聖大人也做不到……除了那個怪物君，也只有妳或柳天雲……可能擁有這種氣勢！所以妳肯定就是晨曦！絕對是！」

櫻走上前，臉上浮現揶揄的微笑。

「該怎麼說呢……謝謝你替我做自我介紹？把我介紹得很有魔王登場的氛圍——

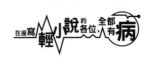

既然如此，小秀策，如果你害怕的話，提早認輸也沒關係喔。」

櫻的語氣十分輕鬆，內容卻毒辣到讓人找不到臺階下。

一聽到櫻的話，小秀策的臉色變得猙獰起來。

「竟然敢侮辱鄙人……連那個怪物君都對鄙人多看了一眼，妳竟然這麼瞧不起我！」

「這樣嘛……其實人家平常講話不會這麼難聽的，只是你身上有一種『喜歡欺負弱者』的討厭氣息，所以囉。」

「鄙人的實力比起當年進步了太多太多……就算妳是晨曦，也別以為能輕鬆擊敗我！」

櫻伸了個懶腰。

她伸懶腰時，纖細的腰肢往後做出極大程度的傾斜，可見身體有多麼柔軟。

重新直起身軀後，櫻發出「嘿唷」的一聲，身輕如燕地躍到小秀策的面前。

以將雙方身高逆轉的巨大氣勢，櫻微笑著開口。

「你搞錯了，小秀策，我沒有瞧不起你的意思哦——畢竟以你的實力，還沒辦法進入我的眼中呢。」

櫻說到這，一頓。

「我只是路過B高中，然後順道取走勝利……如此而已。」

最後，小秀策敗得很慘。

在B高中眾人的斥罵聲中，他背負起戰敗的原罪，變成人人痛打的落水狗。

這也難怪，平常不把任何人放在眼裡的獨裁者，一旦意外駕崩，自然會被之前的僕臣給狠狠踐踏。

只靠櫻一人就連續戰勝了E、D、B三所學校，此刻還能成為對手的，只有擁有怪物君的Y高中……還有相當神祕的A高中。

據B高中眾人所說，B高中之前還有一名叫做「棋聖」的輕小說家，實力凌駕於小秀策之上，但是他最後被A高中奪走了，變成了A高中的學生。

換句話說……A高中的頂尖高手，至少有兩名。

實力超越小秀策的棋聖。

還有正面擊敗棋聖、一切都是未知數的某輕小說家。

但信心滿滿的櫻，決定一鼓作氣繼續前進。

「我們決定繼續挑戰A高中。」

對晶星人說出C高中的意願後，宇宙船像流星般快速劃過天際，順利抵達了A高中。

走下宇宙船後，櫻、風鈴、沁芷柔看見A高中的學生們如同士兵般大量整齊地排列著。

而那些士兵般的學生們，最前方有三名領導型的強大人物。

「……」

看清前方那三人後，櫻的瞳孔快速凝縮。

如果桓紫音老師人在這裡，以「赤紅之瞳」看去的話，想必會看到兩個光芒像太陽般強烈的人，與一個絲毫不露光芒的人吧。

注視對手一陣後，櫻最後卻笑了。

笑得充滿戰意。

「看來，A高中裡面也有不得了的大人物啊。」

經歷相當艱難的苦戰後，A高中被擊敗了。

在A高中的每一場寫作比賽，光是回憶起來都覺得辛苦，就算有櫻做為主將，C高中的三人依舊戰得筋疲力盡。

C高中成為了六所學校裡的第二名，眾人凱旋而歸。

櫻、風鈴、沁芷柔重新回到C高中時，開開心心地接受所有人的簇擁與歡呼。

三名少女被眾人拱成一團圍起，舉起身體高高拋起、落下，慶賀性的拋擲重複了許多次。

「不愧是沁芷柔大人，一口氣拿回了第二名吶！」

「風鈴大人最高！」

「櫻大人太厲害了！」

「櫻大人真是迷人啊……從今天開始，我要加入櫻大人的親衛隊。」

「你想叛教嗎！臭傢伙！」

當天深夜，教學大樓前的廣場升起了大大的營火，火光將廣場上的每一個角落點亮。在廣播器播放的輕快音樂中，不用再節省食物的眾人把所有庫存的食物拿出，開起了熱鬧的宴會，以足以將海裡的魚兒嚇到的聲量，C高中狂歡了整個夜晚。

身為宴會主角的櫻、風鈴、沁芷柔三人，坐在營火前接受大家的景仰。桓紫音老師在喝了點啤酒後，毫無形象地大聲誇獎自己的社團成員們，更是重點強調自己身為吸血鬼皇女，究竟給了這些眷屬多少闇黑恩寵。

接著雛雪也被拉到人群中間與大家一起坐著。或許是受歡快的宴會氣氛感染，雛雪平常面無表情的第一人格，竟然也露出了罕見的微笑。

「喂喂……那個誰……闇黑乳牛……首席黑暗騎士……櫻……妳們都過來……我們讓雛雪畫一張素描……」

吐著濃濃的酒氣，桓紫音老師雙臂一圈，把三名少女抱在懷中。

沁芷柔掙扎了一下，發現桓紫音老師的手臂箍得很緊，她忍不住抱怨：「這種時候不是都該用相機拍嗎？擠在一起熱死了！」

「別在意～～別在意～～反正雛雪畫得比拍照還好嘛～～」

「……醉鬼！」

眼看桓紫音老師醉到連口齒都變得遲鈍，沁芷柔只好乖乖不動。

於是雛雪坐在男學生搬來的石頭上，開始替三人畫團體素描。

嬌小可愛的櫻。

清秀可人的風鈴。

嬌豔窈窕的沁芷柔。

最後還有醉得一塌糊塗、外表看起來像漂亮大姊姊的——桓紫音老師。

隨著素描逐漸成形，身後許多學生不斷叫好，宴會的歡樂氣氛也逐漸邁向最高點。

在高漲的氣氛之下，無憂無慮的眾人似乎就連怪物君也不懼怕。

許多人忍不住開始想：只要櫻大人、風鈴大人、沁芷柔還在C高中還在怪人社，最終一戰什麼的根本不用擔心吧？

甚至就連風鈴跟沁芷柔在見識過櫻的實力後，也感到前所未有的安心，覺得未來的道路變得好走許多。

不管之前過得再怎麼艱困，在幸福氛圍的帶動下，此刻幾乎人人都這樣想：

……真是幸福呢。

……能待在C高中真的是太好了。

所有人的臉上都綻出大大的笑容。

然而，營火照耀範圍的最外圍處，這裡只有微弱的火光。

一個黑髮少年獨自待在角落，他斜斜坐著，滿臉無聊地靠在教學大樓的牆壁上。

這名少年正是柳天雲。

柳天雲碧綠色的瞳孔中，倒映出火堆前其餘怪人社的成員，與C高中所有正在跳舞慶祝的學生。

他有種透過鏡面在觀察這些人的錯覺。

因為火堆前的那些人，快樂到彷彿與他來自不同的世界。

而這些人的快樂，全都源自於寫作比賽的得勝。

「寫作比賽的……得勝嗎？」

柳天雲低聲自言自語。

「……我柳天雲，可沒有那麼軟弱，就算一個人坐在這裡，也絕對不會感到寂寞。絕對不會……絕對不會……絕對不會！」

彷彿要催眠自己那樣，柳天雲無意義地不斷重複某句話。

最終，他眼中的那些人……怪人社的成員、C高中所有學生，都漸漸被波光給模糊，接著……消失在眼皮合攏帶來的黑暗中。

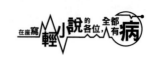

大獲全勝之後的第二天。

「……」

櫻瞪著柳天雲。

柳天雲也瞪了回去。

「所以我不是說了嗎？所謂的妹系輕小說，就是要走實妹路線，義妹、乾妹什麼的，全部都是邪魔歪道！」

「才不是勒，義妹跟乾妹明明也是妹妹的定義之一，為什麼你非得這麼堅持不可啊！」

「那是因為妳分不清楚。我舉個例子吧，所謂的獨行俠跟『單純沒有朋友』是完全不一樣的，前者尊爵不凡，而後者只是交不到朋友。然而，外行人是分不清這兩者的差異的，這樣妳懂嗎？」

「什麼尊爵不凡啊？在我看來都是邊緣人而已，你怎麼好意思把自己美化成這樣！」

「沒有美化，在其他人需要互相扶持的世界中，獨行俠本來就是最強的。」

「這是什麼歪理！啊——氣死我了!!」

櫻用力抓著自己的頭髮，覺得快要被柳天雲氣到腦袋冒煙。

今天最早到達怪人社的是柳天雲跟櫻。由於最近社團課程都在上妹系輕小說，櫻無聊之下問了他一句有關妹系輕小說的感想，沒想到柳天雲對這方面情有獨鍾，洋洋灑灑地發表了絕對超過三千字的「獨行俠&妹系作品之我見」的感想。

而且理論還非常我流。

例如柳天雲認為二次元才有真正的妹妹，三次元幾乎都是邪魔歪道。

就算同樣在二次元，義妹跟乾妹也完全不夠資格稱為妹妹，充其量只是掛著妹妹名義的冒牌貨。

「……唔。」

怪人社的門口，風鈴、沁芷柔、雛雪三個人探出半顆頭，偷偷觀望裡面的戰場。她們站在走廊偷看裡面吵架，一時都不想被捲入。

最後桓紫音老師颯爽登場，用手刀解決了吵架中的兩人，終於能夠正常上課。

站到講臺前，桓紫音老師滿意地點頭。

「咯咯咯……不愧是吾所教導的第二代闇黑子民，竟然一路過關斬將，使C高中晉升為第二名……很好，非常好！因為汝等表現不錯，所以吾的心情很好，既然吾的心情好了——就會給大家獎勵！」

沒有社員露出期待的表情。

上次風鈴有一篇輕小說寫得不錯，結果桓紫音老師把她拉了過去，單獨講解了

一小時有關吸血鬼皇女一族的故事。

當天聽完那堆中二又充滿不合理性的故事後，風鈴的眼睛都變成暈眩的星星形狀了，接下來有半天時間自稱詞還變成「吾」。

所以現在聽到桓紫音老師聲稱要給出獎勵，大家都提不起勁。

「……」

俯瞰眾社員的情況後，桓紫音老師的表情先是震驚，接著迅速變為咬牙切齒。

「這樣啊……是這樣啊……聖殿教堂那些爪牙的手，竟然已經伸到C高中來了嗎——？居然偷偷對吾的手下動了手腳……大概是洗腦吧？行動之快，比吾所預料的還要早了三千三百年。」

除了柳天雲，沒有人聽得懂桓紫音老師在說什麼。

共患難是友情最好的佐料，在經歷與A高中的一戰後，交情升溫的櫻、風鈴、沁芷柔三人忍不住竊竊私語。

「呼姆，她的中二病又發作了，說話沒人聽得懂呢。」

「啊啊……沒錯，又發作了。」

「老、老師的樣子好可怕，不會又把風、風鈴拖去單獨說話吧？」

眼看桓紫音老師越講越高興，今天她的興致特別高昂，不知道中二病還會發作多久。於是，櫻轉向柳天雲，以蚊鳴般的音量偷偷朝他傳音。

「喂……喂！柳天雲！只有同類能阻止同類，這裡就交給你了。」

櫻指指臺上說得忘我的桓紫音老師，單手比出了拜託的手勢。

「？」

柳天雲瞄向櫻。

「……什麼同類？」

「中二病呀！」

柳天雲吃了一驚。

「妳對我柳天雲是不是有什麼誤解？我才沒有中二病。」

「咦？」

這回輪到櫻露出吃驚的表情。

她轉向風鈴及沁芷柔，低聲開始商量。

「怎麼回事……柳天雲說他沒有中二病。」

「嗯……本小姐也不是不能理解，就像別人誇我身材好、氣質佳、長相又漂亮一樣，就算是事實，總是要謙虛幾句的。」

「可是中二病這種事有什麼好謙虛的嗎？」

「妳想想，以中二病的本事來說，柳天雲絕對很厲害吧。如果打敗了桓紫音老師，說不定可以申請金氏世界紀錄。」

「說得也是，那確實該謙虛一番呢。」

風鈴其實不太能理解沁芷柔的比喻，但覺得櫻跟沁芷柔說話很有趣，忍不住笑了起來。

……在談論我嗎？

柳天雲聽不見那些少女的談話內容，但他很確定自己被嘲笑了。

身為一個獨行俠、稱職的角落觀察者，柳天雲早就已經練出從眼神的流轉、氣氛的變化來推斷情況的技能。

放在遊戲中的話，這種技能就會被取為「神之偵查」、「必殺・孤狼之眼」之類的名稱。

雖然能察覺情況，但柳天雲可不在意別人的看法。

獨行俠的絕活之一，就是將喜、怒、哀、樂的情緒一口氣抽離，以旁觀者般的角度冷靜看待事情。如此一來，不管是被私下議論、背後中傷，又或者是當面嘲弄……再怎麼陰狠的言語冷箭，也無法真正觸及獨行俠的內心。

所以說，敵人只能射中獨行俠所刻意留下的、那個沒有情感的靈魂空殼。

如果忍者之中有獨行俠的話，修煉後領悟相同的技能，大概就是可以瞬間用木頭代替自己受傷的替身術吧。

柳天雲忽然看見雛雪向自己舉起寫有「中二病」的繪圖板。

他朝雛雪看了一眼後，轉頭望向窗外。

這時候，忽然有一張紙條被扔到柳天雲的桌上。

「？」

柳天雲將紙條打開——

「柳天雲，如果你能阻止桓紫音老師繼續中二病演講的話，我就勉為其難地誇獎你兩句吧。」

署名者是櫻。

……誰要妳誇獎啊。

不管妳是不是晨曦，獨行俠都不需要任何人的施捨。

柳天雲什麼也沒寫，直接把紙條丟了回去。

然而像傳接球那樣，她們很快又把紙條扔了回來。

「？」

柳天雲第二次把紙條打開。

「不如這樣吧，柳天雲，雖然你看起來沒什麼用，不過如果你能讓桓紫音老師停下來的話，本小姐就把狐媚女打賞給你。」

署名者是青春無敵美少女沁芷柔大人。

……什麼跟什麼啊。話說風鈴也不是妳的東西吧。

這樣下去沒完沒了，為了讓這些除了美貌跟寫作能力之外、行為無比殘念的少女放棄，柳天雲決定動筆回信。

他從口袋裡掏出原子筆。

剛提筆寫了一行字，柳天雲面前的光線忽然被遮蔽了。

抬頭一看，桓紫音老師就站在自己面前。她看起來非常不悅，赤紅之瞳不斷閃爍危險的紅光。

「好個零點一!!竟然敢在吾講述吸血鬼一族歷史的時候分心做別的事，簡直是罪大惡極！假如不是接獲其餘眷屬的密報，吾還不知道麾下出了如此叛徒！」

「啊？」

「天誅！」

桓紫音老師的手刀劈下。

當天怪人社放學後，柳天雲不滿地盯著櫻跟沁芷柔。

是這兩個傢伙為了中斷桓紫音老師的演講，所以出賣自己吧。

摸著頭上被手刀打出的腫包，柳天雲哼了一聲。

大概也覺得自己有點過分，櫻的眼神朝旁邊飄開，不敢看向受害者柳天雲。

但她在言語上依舊不肯服輸。

「總、總之，你能派上用場，真是太好了呢，柳天雲。」

「妳還說！」

「吵死了！能為美少女……更正，是為超級美少女犧牲奉獻，是你的榮幸吧。」

「我寧可捨棄這份榮幸。」

「你……」

沁芷柔則像想要補償倒楣鬼的肇事者那樣，一隻手一個，把風鈴跟雛雪推向柳天雲。

「本小姐可是很仁慈的，照約定，你可以從這兩個狐媚女之中挑選一個。」

「我什麼時候跟妳做過這種約定啊!?」

「從你的眼神透露出肉食性渴望的那一刻開始。」

「別擅自曲解別人的眼神！」

最後連風鈴跟雛雪似乎也想要表達意見，怪人社瞬間吵成一團。柳天雲覺得這些人聚在一起，其實比桓紫音老師的演講恐怖十倍。

但是，隨著時日變遷，一篇篇地閱讀這些人的輕小說，與這些怪人長時間相處，柳天雲中心有某些事物正在悄悄產生變化。

「或許這樣子也不錯」的想法，開始在他的思緒中竄過。

又一天的放學，怪人社內。

由於最近社團內大家都表現得不錯，桓紫音老師決定給大家實質的獎勵。

順帶一提，不太實質的獎勵就是吸血鬼歷史演講。

桓紫音老師「嘿咻」一聲，從桌底下搬出了「輕小說虛擬實境機」放在講桌上。

「冬天也快到了吧？提到冬天，最能解除疲勞的東西就是——泡溫泉！所以咱們去泡溫泉吧！」

「欸——!?」

臺下眾人發出了驚呼聲。

用「輕小說虛擬實境機」進入桓紫音老師所寫的輕小說後，此刻的怪人社眾成員站在一棟溫泉旅館前面。

這裡的環境相當幽靜，旅館前是一片墨綠的湖泊，湖泊上有一座小橋通往溫泉旅館。旅館四周種了許多紅葉樹與松柏，穿越步道時能感受到滿滿的綠意。

走進溫泉旅館後，穿著和服、梳著整齊髮髻的「女將」已經在裡面等候。

女將是旅館裡專門接待客人的人物，使所有客人都能同等地度過舒適時光，需要十足的細心與耐心，是一份了不起的工作。

女將引領眾人來到房間，替大家做完溫泉旅館各處的基本介紹，朝大家鞠躬並離開。

等到女將離開，桓紫音老師立刻下了命令。

「快，大家高舉雙手，跟著吾一起喊『溫泉萬歲——!!』」

「那個……請問為什麼要這樣做呢……？」

「首席黑暗騎士哦，聽好了，這是大家一起泡湯前的傳統，跟籃球比賽前大家圍成一圈大喊加油是同樣道理！」

「咦咦！是、是這樣的嗎!?」

「別多說了，現在由活了上萬年、經驗無比豐富的吾來倒數！準備好了嗎？三、二、一——」

「溫泉萬歲——!!」

不出所料，只有風鈴跟桓紫音老師舉手高喊「溫泉萬歲」。這麼羞恥的行為，除了天真上當的好孩子，沒有人會願意配合。

「呃啊啊啊啊啊……乳牛、零點一、櫻，竟然耍弄吸血鬼皇女，汝等簡直罪該萬死——!!」

「……」

但是，在桓紫音老師變成發洩怒火的魔鬼之前，柳天雲、沁芷柔還有櫻已經溜得不見蹤影。

由於是透過「輕小說虛擬實境機」來的，也沒有行李需要整理，大家興奮地往溫泉移動。

男女湯當然是分開的，所以眾少女與柳天雲在浴池入口處分別。

在進入溫泉前洗澡是基本禮儀，洗完澡後，圍著浴巾的少女們踏入了大塊石頭圍成的溫泉池裡。

冒著白色蒸氣的溫泉池非常大，有整個籃球場大小，裡面卻空蕩蕩的沒有其他客人，相當於被怪人社給包場。

眾人將身體浸入溫泉中。

「啊～～每次泡湯時都覺得自己年輕了幾歲呢。」

桓紫音老師用很年輕的臉說著很老氣的話。

櫻忍不住吐槽：「妳還想再年輕啊？是想看起來像國中生嗎？」

——像國中生也沒什麼不好，看起來足夠幼齒的話，至少不會再被同齡的人嘲笑身材了。

這句話桓紫音老師倒是沒有說出口，她將鼻子以下都浸入溫泉中，眼睛瞇起。

接著她不太甘願地將視線投向自己的學生們。

失去了衣物的遮掩，大家的身材曲線在溼潤浴巾的包裹下，變得相當顯眼。

除了櫻之外，不管是雛雪、風鈴還是沁芷柔，這些傢伙的發育全都不是正常高中生級別。

尤其是沁芷柔，那浴巾幾乎包裹不住的豐滿胸部，讓桓紫音老師撇起了嘴角。

但身為一名優秀的教師，她還是暫時放下了私人恩怨，打算利用難得的溫泉之旅，藉此增進怪人社成員們的感情。畢竟日後大家都是戰友，如果心裡有什麼疙瘩的話是很不好的。

於是怪人社的少女們圍成一個圈圈，大家開始聊天。

沁芷柔首先開啟了話題。

「說到溫泉，雖然對身體相當有益，不過果然還是有小小的缺點吶。」

擺出有點遺憾的表情，沁芷柔在泉水裡慢慢伸展四肢。

為了增進大家的感情，桓紫音老師努力當中間的引線人，試圖接過話題。

——像自己這麼好的教師，打著燈籠也找不到吧。桓紫音老師內心暗暗自滿。

「哦？汝覺得缺點是什麼？」桓紫音老師微笑。

或許是泉水的影響，一反平常怪人社常常吵架的情況，大家都顯得特別和善。

沁芷柔也是滿臉微笑地說出了自己認為的缺點。

「如果不注意的話，身體就會不由自主地浮起來呢。（微笑）」

「這樣子啊，那吾怎麼沒感覺到？（微笑）」

「啊！這麼說來……風鈴也感覺快要浮起來了，很接近沁芷柔同學說的感覺。（微笑）」

「雛雪也是。（微笑）」雛雪舉起防水繪圖板。

「嗯嗯，真奇怪呢，吾就沒……」

——!!

就在這一瞬間，如同刺人的電流通過腦海般，桓紫音看了看沁芷柔，看了看風鈴，又看了看雛雪，接著得出結論。

……發言的，全部都是巨乳派。

她再看向這些少女隨著水波微微晃動的雙峰，忽然理解為什麼這些社員宣稱

「感覺身體會浮起來了」。

於是怒火攻心的她，發出了讓泉水掀起三公尺高的巨大咆哮。

「剛剛發言的全都給我滾到十萬公里外去泡溫泉，不准接近吾！區區一群擁有噁心肉塊的傢伙，吾回去後要把汝等全部浸到血池裡融掉————！」

於是，桓紫音老師的「好老師和善計畫」宣告破滅。

在消氣之後，桓紫音老師動起小小惡作劇的心思。

她在泉水裡移動，逐漸靠近風鈴。

「……首席黑暗騎士唷，別被霧氣蒸暈了頭腦，冷靜下來回答吾的問題。」

「……是的。」

「照汝的認知，所謂輕小說中『泡溫泉時的傳統』是什麼？」

「那個……溫泉萬歲？」

「那是第一個傳統，傳統總共有兩個。」

「竟然有兩個!?」

風鈴雖然發出小小的驚呼聲，但還是聽話地開始思考。

面對桓紫音老師語氣隨便的提問，她的表情認真到有些可愛。

「那個……是大家一起談論過去的辛苦事蹟嗎？還是……喝酒？」

風鈴其實很少泡溫泉，但是從電視上她常常看見溫泉上漂浮著托盤，托盤上有白色陶瓷酒瓶。

「動用血之力清醒汝的腦袋吧，答案不是顯而易見嗎——是偷窺啊！偷窺！一群人聚在一起時，不就只能討論怎麼偷窺對面的異性了嗎！」

「偷、偷窺？」

「沒錯，就是偷窺！」

桓紫音老師用力點頭。

風鈴則更加遲疑，「可、可是那是男生才會做的事吧？」

「大錯特錯！這是輕小說裡泡溫泉的傳統啊！傳統！」

「咦……？傳統……？」

風鈴發出了長長的遲疑聲。

還沒等她「統」字的尾音結束，桓紫音老師就把大拇指朝後一比，準確無誤地指向了沁芷柔。

「首席黑暗騎士，汝無須擔心——瞧，那邊不是有個最適合執行『傳統』的對象嗎？」

沁芷柔在稍遠處一個人泡湯，她將熱毛巾蓋在臉上，心裡發出不屑的嘀咕。

……哼，剛剛她們好像在商量要偷窺男湯的事。

……還好純潔、高貴的本小姐早有預料，要是跟狐媚女、雙重人格痴女、中二無下限女這群變態一起泡澡，肯定會被汙染心靈，所以提早遠離了圈子。

——沒錯，本小姐果然……

正當沁芷柔認為自己安全時，桓紫音老師的命令從遠處傳來。

「——既然是這樣，乳牛，汝去偷窺後告訴我們心得。」

「為什麼是我啊！」

「長著一具色情的身體，由汝去偷窺不是最適合了嗎！」

「誰、誰的身體色情了！」

「誰教汝剛剛一副想置身事外的態度！」

「跟妳們這些變態待在一起，本小姐置身事外有什麼錯！」

……態度預料之外的強硬啊，這頭乳牛。

桓紫音老師思考了一下，決定轉換方針。

她一半游一半走地接近沁芷柔，換上一副好好老師的笑臉。

「沁芷柔同學，汝仔細想想……這不是讓輕小說實力進步的最好機會嗎？所謂的

輕小說虛擬實境機，正是為了讓大家體驗日常生活中做不到的事而存在的。」

「是這樣沒錯，但、但是——」

桓紫音老師搶先截斷了沁芷柔的話。

「汝再想想，汝平常喜歡扮演筆下的角色，也是為了揣摩人物的心境吧。」

「……」

「唉，如果有一天在比賽中，恰好要描寫一個喜歡在溫泉偷窺的奇特角色，大概也只有沁芷柔同學能完美描寫了吧——」

「……」

「畢竟——會身體力行地去體驗角色的感受，再無比真實地描繪出來，這是只有沁芷柔同學才有的優勢呢！」

「……是、這樣的嗎？」

沁芷柔從一開始的沉默以對，變成漸漸被桓紫音老師的話給吸引，開始產生一種「如果能做到，好像會很厲害」的錯覺。

察覺對方內心的動搖，桓紫音老師趕緊趁勝追擊。

「所以汝就去偷窺吧，偷窺男湯。這是只有身為設定系少女、又是超級美少女的汝——才能辦到的神聖任務！為了比賽中的勝利，為了怪人社的未來，鼓起勇氣去吧！」

「!!」

事實證明了沁芷柔很好煽動。

她如此心想：

也是呢，這是身為設定系少女的我才能達成的厲害舉動，其他社員都做不到這件事。

——反正男人的身體在十八禁的美少女遊戲裡也不是沒看過，自己不需要大驚小怪。

在內心替自己解套後，沁芷柔挺起胸，得意地站了起來。

男湯與女湯中間隔著一道竹子做成的圍牆，雖然竹子重複纏繞了好幾層，但認真找的話，肯定還是會有能夠偷窺的空隙。

一般來說，男女湯中間的防備不會如此薄弱，但因為這是桓紫音老師充滿個人癖好所寫出的輕小說，所以情況也與現實有了相當大的偏差。

「好！本小姐要上了！」

沁芷柔握拳替自己打氣。

正當她鼓起勇氣要進行這場大冒險時，桓紫音老師忽然又開口了。

「等等，浴巾脫掉。」

「哈啊？那不就變成光著身體了嗎？」

「沒錯，但是汝想想，吸滿水的浴巾會有滴水聲，重量也會讓腳步聲更明顯——難道汝想被柳天雲發現偷窺的事嗎？」

「這、這個……我……本小姐……」

最後沁芷柔還是屈服了，她把浴巾留在原地，光著身體偷偷摸摸地往竹子圍牆走去，每一步都像踏在鋼索上那樣小心。

……對了，這裡的溫泉霧氣很濃，就算偷窺，大概看不到男湯裡的任何東西吧。

……但這些膽小的傢伙們，才不會知道本小姐看到了什麼。

……也就是說，本小姐既不用真的看見柳天雲的奇怪身體，也可以享有勇者的榮譽。

沁芷柔動了一點狡猾的心思。

懷抱著美好的構想，沁芷柔終於悄悄地摸到了竹子圍牆旁邊。

花費功夫找到圍牆上僅有的空隙後，沁芷柔手貼圍牆，正打算把眼睛湊上去時——

——一陣不祥的嘎吱聲響起。

在足以讓時間停止運轉的驚愕中，竹子圍牆瞬間朝著男湯的方向倒下。

「什、什、什、什、什麼——!?」

沁芷柔還來不及反應過來，男湯與女湯中間的視線障礙物就已經被徹底清空。

更加不幸的是，圍牆倒下時帶起的狂風，將原先足以遮擋視線的熱霧徹底驅散，視線變得暢通無阻。

在零點零幾秒的時間裡，沁芷柔因為震驚而無法動彈——而就在這時，聽到竹子圍牆倒下聲響的柳天雲，也從男湯回過頭，想看看發生了什麼事。

兩人的目光瞬間相接。

接著無法避免的，柳天雲的目光下意識地從沁芷柔赤裸的身體上掃過。

「好大」的想法瞬間充斥他的腦海，使他微微發暈。

「嗚嗚嗚嗚……」

沁芷柔的臉色變得比煮熟的蝦子還要紅，轉為僵硬的手臂只能事後補救地遮住重點部位。

「呀啊啊啊啊啊啊啊啊啊啊——」

她無法抑制羞憤的尖叫聲，響徹了整座溫泉旅館。

怪人社內。

由於有某位使用者產生劇烈情緒波動，超出「輕小說虛擬實境機」認定的安全範圍，所以大家都被強制退出遊戲了。

一退出遊戲後，雖然現實中好端端穿著衣服，但沁芷柔還是一邊哭喊著含糊不清的話語、一邊跑掉了。

本來只是想小小惡作劇一下，沒想到事情會演變成這樣。桓紫音老師見氣氛相當尷尬，其實也很心虛。

「哎呀，吾也料想不到會發生那種事——那片圍牆只是故事中被設定成年久失修容易坍塌而已，吾也不知道竟然會真的倒塌——」

「那是什麼鬼設定呀？根本就是故意的吧！」

「櫻，身為吾麾下最得力的闇黑眷屬，汝難道不相信吾嗎！」

「真的很難相信。」

「唔……對、對了，如果要追究責任的話，沒有避開視線的零點一也有錯吧！」

不肯認錯的桓紫音老師在這時展現了賴皮的一面。

「總、總之，零點一，汝快去追乳牛，好好解釋剛剛的誤會！」

直到這時大家才把注意力轉移到主角之一的柳天雲身上。

結果，她們看見柳天雲正在流鼻血。

「看到好東西了？」雛雪舉起了繪圖板。

雖然明知道柳天雲不是有意的，但是看到他這麼沒用，櫻還是忍不住上前踹了他一腳。

忽然被踹，柳天雲嚇了一跳。

「妳為什麼踹我!?」

「……我覺得你的表情色迷迷的，很欠踹。」

柳天雲剛把衛生紙塞進鼻孔裡，這時候另一個方向忽然也踹來一腳。

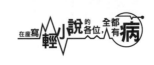

這次踹他的是人雛雪。

「妳又是為什麼踹我!?」

「……學長真沒用，看到美少女的裸體應該馬上撲上去才對。」雛雪如此寫道。

最後悲憤交加的柳天雲被一群少女趕去追尋沁芷柔。

然而，一個小時後，好不容易將沁芷柔帶回怪人社的柳天雲，已經是鼻青臉腫，幾乎看不出原本長什麼樣子。

於是，怪人社的一天，雖然過程不太圓滿，但總算再次熱熱鬧鬧地落幕了。

對於櫻來說，晶星人降臨的這段時間，是她有生以來過得最快樂的時光。

交到志同道合的朋友，能為了共同的目標一起奮鬥，像是要把過去十幾年的空虛一口氣彌補回來那樣，每天都過得無比充實。

或許對身為怪人的櫻來說，也只有充滿怪人的怪人社，才能給她這種感受。

偶爾用晶星人的道具玩虛擬遊戲，然後被奇怪的怪物追得哇哇大叫。

偶爾怪人社的大家一起進入某個人寫的輕小說裡。如果進入沁芷柔的輕小說世界的話，通常都意外地充滿桃紅色幻想；風鈴的輕小說則像童話故事那樣，十分純真有趣。

甚至在桓紫音老師寫的輕小說裡，為了讓某攤海之家炒麵不要倒閉，大家還幫忙在海邊賣起了炒麵，趕跑來砸攤的不良少年（只有柳天雲被打趴）、驅散惡意散布謠言的競爭對手，成功讓海之家能夠繼續經營。

那天夜晚，大家洗完澡後穿著浴衣，在海邊的沙灘燃起了象徵友情的煙火。

「咻咻咻——」的煙火聲響遍了整片沙灘，紅黃紫綠各色煙花綻放於高空。

「好漂亮喔！第一次看到這麼多煙火！」

穿著淡綠色浴衣的沁芷柔，像小孩子那樣興奮地原地跳躍。

「啊？乳牛，汝沒有參加過廟會或是跨年之類的活動嗎？」

「唔……」

沁芷柔轉過頭去，顯然意識到自己失言，又不想承認自己沒有。

擁有公主般的容貌與驕傲氣場，沁芷柔深受男生歡迎，相對的也被大多數女生所討厭，會不想去一堆朋友擠在一起玩耍的熱鬧場合，其實也是合情合理的事。

為了安慰她，身著淡紫色浴衣的風鈴，將一根還沒點起的仙女棒塞到沁芷柔手中。

「沒關係，風鈴也沒有看過這麼多煙火喔。」

「誰、誰要妳安慰啊！」

沁芷柔嘴巴上抱怨，最後還是接過了仙女棒。

怪人社眾少女的遠方，一名少年盤腿坐在大石頭上獨自看海。

他偶爾會望向那群在放煙火的少女們，露出自認充滿高人風範的微笑。

「……哼，果然嗎？看來也只有獨行俠能看穿隱藏在背後的真相——說穿了，煙火不過是『人類之惡』的另類解釋罷了。燃燒自己換取別人的片刻喜樂，在失去作用後孤零零地沉至深海，成為焦黑的殘骸，這就是煙火淒涼的一生。

「然而，煙火並不會在人們心裡留下真正深刻的印象，充其量也就是『好漂亮』這樣的事後感想，無關痛癢到了極點，同時也無謂到了極點。世上有很多跟煙火一樣的人們，在付出一切後依舊感到寂寞……所以說……」

柳天雲話才說到一半，雛雪冷不防地從後面將他架住了。

在給他看「老師叫學長過去幫忙拿煙火」的繪圖板後，像是害怕柳天雲跑掉那樣，雛雪緊緊將柳天雲的手臂抱在懷中。

柳天雲感到手臂不斷被某樣柔軟的事物磨蹭。

「喂喂……雛雪，妳別離我這麼近，等一下變成第二人格怎麼辦？」

「旁邊有隔音效果良好的山洞。」雛雪舉起牌子。

「少、少胡扯了！」

柳天雲難得臉紅。

最後，黑、紫、黃、粉、藍這五種代表眾人髮色的煙火沖天飛起，在眾人的笑聲中，煙火晚會終於落幕。

就這樣，以輕小說修煉為名，桓紫音老師帶著大家上山下海遊玩，體驗各式各

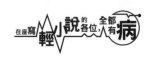

樣的活動。

也只有像桓紫音老師這樣的怪人之王，才能成功統領這些怪人成員吧。

大家表面上都過得很快樂。

即使內心深處有著疙瘩，也都努力將其藏起，對著眾人擺出開心的笑臉。

就這樣……時間不斷流逝……不斷流逝……

距離一年之約的六校大戰，也越來越近了。

時間慢慢過去。

因為沒有全然把握戰勝Y高中的怪物君，C高中一邊磨練、一邊牢牢保持第二名的地位，就這樣經過了十個月。

這大半年的時間，怪人社上課的氣氛往往十分快樂。

哪怕對某些人而言，這只不過是半帶虛假的快樂，燦爛的笑容底下，隱藏的是來自回憶中的陰霾。

白天笑得越燦爛，當獨自面對孤獨的夜晚時，寂寞感的襲擊也就越加凶猛。

柳天雲……明知道櫻就是晨曦。

櫻……亦清楚柳天雲就是當年的柳天雲。

雙方因為倔強與高傲而不願相認，假裝不識得對方，當作已經忘懷了過去，嶄新的記憶才是現在的一切。

然而，柳天雲內心的寂寞感仍然越來越深。

哪怕有時候在怪人社的氣氛烘托下他也會苦笑，但每當怪人社的眾成員們正在埋頭寫作，只能擔任書評而無所事事的他，望著窗外的大海時，常常露出空洞的眼神。

與當初坐在營火角落時的感受很相似，柳天雲覺得自己距離這些社員們很遙遠，而且距離正在不斷被拉大。

那感受，就跟昔日百折不撓的戰神，在最盛大的戰爭發生時，卻只能做為平民百姓觀戰一樣寂寥清冷。

但是，他也沒有重拾筆墨的理由。

因為他比誰都明白晨曦的強大，既然晨曦已經成為C高中的臺柱，就算自己奇蹟似的馬上追平這兩年來的落後，也不過是與晨曦實力相當而已。

從怪物君一人稱霸六校的例子中可以看出，晶星人所舉辦的比賽，追求的是個人的極致強大。

所以就算自己是昔日的戰神，在另一個戰神已經領軍出戰後，也只能按著尚未痊癒的傷口，躲在角落黯然神傷。

「寫作……是什麼感覺呢？寫作……是不是很快樂呢？」

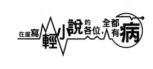

最後的時光也會很快過去……最終一戰，即將到來。

在變得有些壓抑的校園氣氛中，看著空中不斷飛舞盤旋的海鷗，柳天雲的問題很多，但那些問題都喊進了內心的黑暗中，沒有人能替他解答。

在最後的放鬆過後，所有人都收起玩笑之心，C高中內的氣氛逐漸變得劍拔弩張。怪人社的所有成員拚命把握時間，將每一分每一秒都用來修煉。

「這一戰……吾等必勝！」

桓紫音老師總是在替社員加油打氣。

「只要發揮出這一年來汝等的修煉成果，別讓過往的努力全部白費，C高中絕對能贏！就算Y高中有怪物君也不用害怕，櫻……乳牛……首席黑暗騎士……汝等全部都是吾引以為傲的學生，決戰絕對不會輸的，全力以赴地上吧！」

櫻、沁芷柔、風鈴……近一年下來，感情已經變得很好的三人一起笑了，笑容裡充滿勇氣。桓紫音老師的加油打氣，確確實實地傳達到這些學生的心中。

「……」

社團教室裡，只有一人保持沉默。既非參賽選手也不是導師，無事可做的柳天雲，在看向窗外的大海發呆時，眼裡帶上了一絲羨慕……與許許多多的寂寞。

第九話

我將在明日逝去，而你將死而復生

最後的光陰終於流逝，在C高中的寫作戰力提升至極限後，最終一戰來臨了。晶星人的「一年之約」已經期滿，六所學校、六座海島，分別發出了刺眼的紅光。那些紅光就像在引領這些迷途羔羊一般，在六座海島的中心點狠狠匯集相碰，激眩出巨大的紅色光罩。

而在那紅色光罩上，一座龐大的鮮紅色宮殿緩緩浮現。這座宮殿飄浮在雲端高度的位置上，形成空中閣樓。

如鮮血之地般的決戰光景，光是看，就使膽小者嚴重心悸。

A、B、C、D、E、Y六所高中，每一所學校的參賽選手都懷抱著各自的信念，以筆墨做為武器，要去進行一場非生即死的殘酷廝殺。

不能輸。

不能輸不能輸不能輸不能輸不能輸不能輸不能輸！

輸了的話，就是一所學校、幾千人的消亡，每所高中的代表都背負著沉重的壓力，人命的價值沉甸甸地壓在選手們的心坎裡，使他們臉色凝重。

在極端壓抑的狀態下，最終一戰裡——所有選手都將實力發揮到了巔峰狀態。

然而……如魔王降臨般的怪物君，粉碎了所有人的生存希望。

最終一戰採取的比賽模式超出了所有人的預想，但唯一不變的就是……只有最強者能夠勝出。

在比賽中，怪物君的積分遙遙領先其餘學校的所有參賽者，只有C高中三名少女的分數緊咬在後，還有獲勝逆轉的可能性。

「哦？C高中竟然這麼厲害。」

看到C高中的表現，怪物君也有點意外，但他一貫慵懶的微笑並沒有消失。

「既然如此，那我應該加油一點。嗯……開啟第二型態的實力好了。順帶一提，我戴上增加格調的眼鏡後，有五個階段的實力可以調整。」

立下勝利宣言後，怪物君的實力竟然大幅度提升了。

風鈴跟沁芷柔很快就再也追不上，積分大幅度落後。

只有櫻再次爆發，依舊牢牢緊追不放，不斷迫近前方的敵人，與怪物君只相差一百分。

「哦哦，好厲害，妳比以前進步了這麼多……但是呢，有點可惜了，妳心中的『圓』……所失去的角落還沒填上吧？不然妳可以更強。」

怪物君在比賽中竟然還有能力分心說話、觀察其他人在做什麼。

「我再認真一點好了。第三階段——開！」

怪物君的實力再次有了飛躍性的成長，積分如同暴衝的賽車般往前狂飆，幾乎讓櫻追趕不上。

櫻的雙眼瀰漫血絲，長時間勞心費神的結果，使得她的眼角開始流下鮮血。

但她沒有放棄，依舊拚命寫作，竟然奇蹟似的再次把差距給縮小。

怪物君推推眼鏡，俊秀的臉上露出傷腦筋的表情。

「別再追上來了，這樣我會很困擾的。」

說完後，怪物君臉上的懶散笑容首度消失。

「第四階段——開！」

怪物君開啟了第四階段後，櫻再也無法跟上，在淒苦的慘笑中，C高中宣告落敗。

六校之戰，勝負已分。

——Y高中獲勝！

分出最終勝負後，晶星人女皇登場了。

在所有落敗選手的面前，在如鮮血般顏色的地毯上，晶星人女皇接見了怪物君。

怪物君看到晶星人女皇竟然沒有跪，他直挺挺地站著，露出好看的笑容。

晶星人女皇看到他的行為，眉心拱起危險的皺褶。

「看到本女皇竟然不跪……你想死嗎？Y高中的代表。」

「我才不想死呢，死了的話不就沒有妹系漫畫、妹系動畫、妹系輕小說可以看了嗎，也不能去女僕咖啡廳了。」

出乎大家意料，這個怪物君竟然是一名重度妹控。

女皇手一招，藍色強光乍現，手上頓時出現一條光芒形成的鞭子。她甩起鞭子朝怪物君狠狠抽去。

光鞭在半空中劃過時發出驚人的呼嘯聲，怪物君卻只是微笑，右手一托一帶，鞭子去勢頓時傾斜，抽上遠處的地面，打出了一條狹長的裂縫。

「你憑什麼反抗我！」

晶星人女皇聲色俱厲。

怪物君眼睛眨了眨，語氣和善地回應她。

「憑我能寫出讓妳滿意的輕小說。」

「你又知道本女皇滿意了!?」

「妳剛剛看比賽時不是笑得很開心嗎？如果不是有種族隔閡，我差點都要以為妳愛上我了。」

「你、你、你——!!」

晶星人女皇氣得頭上冒起了紅煙，是真的在冒煙。

但身為女皇的風度讓她勉強忍耐下來，因為怪物君輕小說寫得好是事實，依約定實現了他的願望後，再慢慢整治他也不遲。

「那麼……先讓我們來處罰戰敗的喪家之犬吧。」

女皇冷靜下來後，嘴角重新掛起嗜虐的笑意。

比賽的大殿上，能即時轉播六校情況的螢光幕瞬間浮現在空中，六校的代表選手們都能看見自己熟悉的人。

接著，A、B、C、D、E五所學校的高空處，全都被巨大的紅色漩渦所覆蓋。紅色漩渦實在太大，覆蓋了每一座海島的全部範圍。

「嘻哈哈哈哈哈——動手！」

在晶星人女皇的尖笑聲中，紅色漩渦朝下方投射出激光般的紅光。

那紅光能夠穿透一切事物，所有學生的身體在紅光下逐漸瓦解，化為粒子消散在空氣中。

死亡沒有疼痛，卻有無窮的不甘心與對生存的渴望。

而最終比賽的大殿上也有紅光降臨，戰敗的五所學校的參賽者，隨著那紅光一起消散。

在不甘心的咆哮聲中，小秀策消失了，徹底歸於虛無。

A高中的三名神祕高手也逝去了。

在晶星人女皇尖銳的大笑聲中，五所學校的學生們正在飛速死亡。

但笑到一半，她的笑聲卻慢慢止歇。

「嗯？」

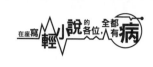

她看向櫻。

櫻雖然同樣被紅光所籠罩，看著C高中的實況轉播場景、正不斷地流下血淚，身體卻好端端的，沒有跟著消散。

晶星人女皇詢問一旁的皇家侍衛隊：「喂，我記得那個少女是C高中的學生吧，為什麼她還活著？」

侍衛隊成員恭謹地做出回答。

「啟稟女皇殿下，由於Y高中的代表在比賽前使用了『先聲奪人印章』，比賽勝利後能奪取那名少女……也就是說，那少女現在是Y高中的學生了。Y高中是勝利方，所以那少女平安無事。」

「……哦？」

晶星人女皇看著櫻。

而櫻……完全沒有發現自己被人所注視。

她此刻的意識全被占據，流著帶血的眼淚，死死盯著轉播螢幕，遙望與自己朝夕相處的同學們逐漸消亡。

她看見桓紫音老師在無可奈何的微笑中……消失了。

她也看見風鈴跟沁芷柔。在死亡前的最後關頭，沁芷柔第一次開口稱讚風鈴寫的作品很棒，並且笑著摸了摸她的頭，對她說……自己其實不是真的討厭她。

「風鈴，妳寫得很好哦。」

這也是沁芷柔第一次叫出風鈴的名字，沒有像平常那樣稱她為狐媚女。

「那個……其實本小姐也不是真的討厭妳，我早就知道妳不是狐媚女了，只是一直拉不下臉來改口。」

風鈴露出帶淚的微笑。

「風鈴知道哦，嘻……嘻……謝謝妳願意跟我說。」

「什麼啊？一副哭喪著臉的模樣，本小姐……櫻……還有妳，大家過去的努力絕非白費，所以了，在最後的最後……我們笑著一起走吧。」

「嗯！」

最終，就連風鈴與沁芷柔……也逝去了。

看見兩人的死亡，櫻感到嘔吐般的暈眩感不斷衝擊腦袋，使她幾乎要暈死過去。這是不斷強烈拒絕接受現實的腦袋，自主做出的保護機制。

風鈴……沁芷柔……怪人社的大家……都死了……

過去一年來的辛勤付出，無數個小時的寫作努力，上課時的笑鬧爭鬥，曾經成為無比甘甜的記憶——在這一刻，刻骨銘心的過往美好，反而化為了蝕骨斷腸的毒藥，讓櫻的胸口感到一陣陣刀子絞動般的劇烈刺痛。

但。

但……痛苦還沒有結束。

在轉播螢幕裡，畫面不斷變幻，最後停格在怪人社的教室內。

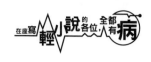

怪人社內只有一個人。

柳天雲。

柳天雲獨自坐在書桌上，靜靜眺望著外面的大海。他的表情非常寂寞，嘴角帶著一絲解脫的笑，彷彿被瓦解也無所謂似的。

「柳天雲。」

「柳天雲……」

「柳天雲——!!」

櫻跪倒在地，發出撕心裂肺的喊聲，不斷哭喊著柳天雲的名字。

櫻想起了，自己是因為柳天雲才接觸了最喜歡的寫作。

也想起了，自己還沒有對柳天雲坦承……自己就是晨曦。

本來想在一切都平安落幕後，帶著勝利、扠著腰得意洋洋地對柳天雲坦承真相，看著他下巴都要掉下來的吃驚模樣偷笑，但此刻……預想中的快樂場景，就像以慢動作碎裂的鏡片那樣，一塊塊崩毀落下。

從腳部開始，柳天雲的身體開始消散了。

櫻哭泣著、哽咽著，也後悔著過往的一切。

「我還沒……對你坦承……我就是晨曦……」

「我一直都對你很凶，但我……其實沒有那麼討厭你，我只是想要你先對我認錯……先向我說一聲『當年的事，對不起了』……然後我們再一起比賽、一起競爭……甚至一起邊鬥嘴邊討論怎麼樣去進步……

「就這樣而已……這樣而已……人家想要的就只有這樣……」

過度的傷心干擾了思考能力，櫻組織的言語很凌亂。

最後，在凌遲般的實況轉播中，柳天雲的存在終於徹底消散。

好多年過去了，在比賽中，你成長得好快。

不過……我看得出來，你的文章漸漸充滿了匠氣，變得俗氣，變得……為贏而寫，而不是為了自己而寫。

這樣的你……不夠真實，不是真正的你。

不討好評審，不迎合他人，希望下一次，你能為了自己而寫……為了本心而戰。

明年，我等你。

曾經的宣言再也無法兌現，千言萬語化為了可笑的空談……生者心中所殘留的，只有幾乎能逼瘋人的過往承諾。

「啊啊啊啊啊……」

櫻發出痛苦的呻吟聲，指甲深深掐入肉裡，手掌開始流出鮮血。

她的心靈即將崩潰。

「……」

就在櫻對一切都感到絕望、不斷啜泣時，一道瘦削的身影接近了她。是怪物君。

怪物君在櫻的身旁蹲下，他抬頭看向天窗外，那裡是比雲朵更高、能夠比平時更接近的湛藍天空。

以任何人都無法討厭的笑臉，他緩緩開口。

「我呢……在晚上的時候，很喜歡躺在草坪上觀察星象，久而久之，就開始練習用星象來占卜──妳大概也可以體會這種感覺吧，什麼東西都是一學就會、一學就精，沒有東西可以難倒我們。所以我的占卜能力超級厲害，什麼東西都算得很準。」

「……？」櫻以無神的目光看向怪物君，雖然瞳孔對著他，卻像看進了空處。

怪物君微微一笑，繼續說了下去。

「雖然我已經這麼厲害了，但我也很清楚……在晶星人制訂的遊戲規則下，我只能拯救自己所待的Y高中而已。」

他的神情有些遺憾。

「但是我想拯救所有人，想讓六所學校的人一起活下來。

「於是，我拚命去尋找解決之道……在晶星人降臨的一個禮拜後，我在海島上再次觀察星象時，終於看見了代表希望的星象圖於高空中浮現。透過星象占卜計算，並且與妳實際交手過後……最後我確信了一件事：那就是呢……妳，櫻，就是能打開『希望之門』的關鍵鑰匙。」

櫻虛弱地回話：「我才不是什麼『希望』，我……我甚至連自己學校的人都保護不了……」

「不對哦，妳不是希望。我剛剛說了，妳是能打開希望之門的鑰匙。」

「……你是什麼意思？」

「哈哈……其實我也不清楚真正的意思，但星象上就是這樣顯示的。」

「……」

「啪」的一聲，兩人旁邊的地上多了一條裂縫。

晶星人女皇見下面兩個人類竟敢無視自己還竊竊私語，不滿到了極點。

「卑微的人類哦，趕緊提出你獲勝後的願望吧，本女皇可是很忙的！」

「妳能做到什麼？」怪物君好奇地問。

眼看這傢伙竟然還敢提問，晶星人女皇氣到極點後，反而笑了。

「晶星人的科技文明遠超人類的想像。如果要比喻的話，就像你們看待茹毛飲血的原始人那樣……在我們眼中，人類社會簡直落後到不可思議。

「我們可以做到……使人長生不老，青春永駐；我們可以做到……讓人擁有一生花不完的財富；我們可以做到……激發人類的潛能，讓智商增加十倍。」

晶星人女皇說到這，頓了一頓。

緊接著，她以更加輕柔、卻也帶著危險感的語調，道出了最後一段話。

「甚至……我們可以做到……靈魂轉移、倒轉時光、逆天改運、破虛凌空……以你們人類貧乏的想像力所能夠想到的事……晶星人全都可以辦到。」

選項很多。

怪物君貌似鄭重地思考了一下，最後他指向跪倒在地的櫻，笑著說：「這樣吧，我把願望讓給她。

「當然，我是很想許願要一個妹妹啦，不過目前還是讓給她比較好。呃……還是妳可以給我兩個願望？」

自己講了那麼多，結果這個少年把願望推給別人，晶星人女皇的頭上再次氣到冒煙。另外兩個願望什麼的根本想都別想。

要不是怪物君寫的輕小說確實好看，那個C高中的少女寫出的輕小說也讓自己相當滿意，覺得留下來還有點用處，晶星人女皇早殺了這兩個傢伙，也不會極為勉強地忍受「願望讓給別人」這種荒唐行為。

怪物君哈哈一笑。

直接許「我要讓六所學校的人全部復活」之類的離譜願望，肯定會被晶星人女皇當面拒絕。

不過，他有種奇妙的直覺，如果這個名為櫻的少女……真的是能開啟「希望之門」的鑰匙，那……這個能實現一切的願望，想必就是關鍵吧。

怪物君此刻的行為也是冒著生命危險，但他知道，晶星人女皇這種性格，越是表現得滿不在乎，她覺得新奇有趣，就越不會痛下殺手。

「嗯，就是這樣，妳來許願吧。」

怪物君在等。

等待著眼前的少女引發奇蹟——那是連自己也無法達成的、讓六所學校的人都能平安存活下來的奇蹟。

櫻愣住了。

「……我來許願嗎？」

腦袋幾乎停止運轉的她，在最後的最後……看見了螢光幕上空蕩蕩的怪人社——柳天雲……風鈴……沁芷柔……桓紫音老師……怪人社的所有人全都死了。

光是重新意識到這點，櫻好不容易止住的眼淚，又簌簌流了下來。

在那此刻顯得無比空曠的怪人社裡，她彷彿能看見怪人社的成員們在裡面認真練習寫作，在柳天雲給出評論時，發出不滿的抱怨；無法通過桓紫音老師給的小測試時，頭上被手刀打出腫包——一切的一切都是那麼的快樂。

但是，忽然之間——

「甚至……我們可以做到……靈魂轉移、倒轉時光、逆天改運、破虛凌空……以你們人類貧乏的想像力所能夠想到的事……晶星人全都可以辦到。」

晶星人女皇剛剛說過的願望可能性，再次於櫻的心中浮現。

於逐漸清晰的意識中，櫻忽然抓到了某樣從心中竄過的事物。

對了……

對了——

如果使用了那個的話，局面就不是無法逆轉……如果以隼的方式來形容……就是賭局上的絕地大梭哈。

最終，「倒轉時光」四個字停留在櫻的腦海中。

櫻慢慢從地上爬了起來，睜著紅腫的雙眼，看向了晶星人女皇。

「我的願望是……倒轉時光，我要回到你們初次降臨C高中的那一天。」

「！」

晶星人女皇一愣。

她似乎有些意外，側頭想了想。

「本女皇要事先聲明一件事，雖然我們晶星人的科技力很高，但也還有正在研發中的科學領域。倒轉時光是用『晶瑩時光機』將人傳送回過去，雖然可以保證成功，但因為『晶瑩時光機』還處於研發階段，被傳送的人會有嚴重的副作用。「而且過去可能會受到時空亂流的影響，導致事情發生的時間點有所偏差，甚至產生不可逆料的變化。」

這時怪物君插口詢問：「『晶瑩時光機』傳送的副作用是什麼？」

晶星人女皇惱怒地瞪了怪物君一眼，繼續說下去。

「由於被送回過去的生物，是取代過去的自己而存在，但實際上又不是自然誕生的產物……所以會被那個世界某種令人無法理解的運行軌跡給排斥，隨著時間過去，排斥之力會越來越強，導致時空旅行者的存在開始散去……」

「一年，這是我們晶星人測試出的最大限度時間。一年後，強行返回過去的生物……存在本身就會徹底消散，甚至連世界的記憶都不會留下，不會有任何人記得這個人曾經存在過——即使是這樣，妳也要倒轉時光……回到過去嗎？」

只要回到過去，一年後必定會消散，歸於虛無。

怪物君的臉色變得很難看，連他也想不到事情會這樣發展。

正當怪物君要開口阻止時，櫻卻笑了。

「哈哈哈哈……」

她慢慢站了起來，按著臉大笑。

一邊笑，櫻的眼淚止不住地流下。

在這一刻，晶星人女皇與怪物君……竟然都看見了一個陌生少年的身影，似乎在這一刻與櫻重合了。

「哈哈哈哈哈……哈哈哈哈哈哈哈哈哈哈哈哈哈哈哈……」

她笑得所有人都莫名其妙，只能等著她的笑聲慢慢止歇。

櫻感到非常懷念，那笑聲曾經很討厭，現在想起來卻無比溫暖。

「呼姆，如果是那個人的話……遇上這種情況，一定會這樣大笑，然後點頭同意吧。我跟他競爭了這麼多年……在這一點上，也不會輸給他──所以了，晶星人女皇，請以『晶瑩時光機』把我送回過去。」

在最後關頭，櫻也想起了隼。

那個平時吊兒郎當，卻在最窮困時也沒有捨棄自己，有著強烈信念的隼……如果知道自己遇上這種情況，肯定也會支持自己吧。就像隼無論如何不會放棄櫻一樣，櫻也不會放棄怪人社的成員們。

晶星人女皇眼看櫻真的答應，最喜歡看到悲劇發生的她，舔了舔嘴唇。

「嘻嘻，我有一點要事先聲明，回到過去後，為了公平起見，妳不能把自己是未來人的情報告訴其他人……也無法參加最終決戰……但是呢，如果硬要參加每個月的模擬賽，那也不是不行，拿妳半年份的存在之力來換就好。」

半年份的存在之力，也就是半年的壽命。

每個月的六校排名戰，僅僅只是無關最終勝負的戰局，只要參加了，竟然就要付出半年份的存在之力。

……要知道，回到過去後，壽命就只剩一年。

但是……想起了怪人社後，櫻咬牙點頭了。

晶星人女皇又補充了一個條件：「晶星人有個特殊能力，可以跟過去的自己共通記憶──我會把這一年之間的記憶傳送給過去的自己，並暗中監視妳。所以妳想偷偷變什麼把戲，又或是把這一年之間寫過的輕小說交給其他人用來參賽，也是行不通的。」

櫻再次點頭。

於是在晶星人的安排下，櫻踏上了晶星人的航空母艦，來到時空傳送室的位置。

一個穿著科學家白袍、看起來很聰明的晶星人，早已在那裡等候。

他向櫻打招呼。

「妳好，人類，我是時空傳送室的負責人——七六四二三四。我會送妳回到一年前，我們降臨地球的那天。

「要加油啊，人類。畢竟我們的機器還處於實驗階段，傳送過程中可能會產生無法忍受的劇痛，或是預料之外的變化。有可能在那個『過去』，我們降臨的時間點會比原本要早，或比原本要晚，妳自己要有心理準備。」

櫻頷首。

七六四二三四其實有點佩服這個人類女孩。那嬌柔的身軀底下——究竟隱藏了多大的勇氣？

「我們晶星人有種天賦，可以把記憶傳給過去的自己……大概現在的我們就是世界的最前端吧，所以沒有收到未來的記憶，導致『晶瑩時光機』沒辦法順利完成。但是呢，過去的我看到妳的話，應該會稍微關照C高中的。」

櫻沉默。

最終，她躺進了像蛋殼形狀的狹小傳送室內。

無數閃電橫竄，在櫻的身上貫穿而過，無法想像的劇痛降臨在她的身上。

就像身體被無數次撕裂分解、重新組合那樣，在短短一分鐘內，櫻就因為劇痛而昏迷甦醒了上百次。

但她緊咬牙關，堅強地沒有發出慘叫聲。

彷彿正被逐漸碾碎的意識，只剩下幾道模糊的想法。

──我要回到過去。

──我要拯救C高中。

──還有，這一次，我要對柳天雲說……

櫻的意識徹底中斷。

自深沉的黑暗中睜開眼睛，櫻的鼻端已經聞到帶著大海氣味的自然風。

櫻回到了過去，嬌小的身體躺在教學大樓的頂樓水塔旁。

在稍微探查過後，她發覺晶星人才剛剛降臨，並將六所學校劃分出來。

而C高中的教學大樓廣場前，有晶星人正在講解這一年間的遊戲規則。

「……」

她檢查了全身，發現柳天雲送給自己的狐面墜飾依舊掛在腰間。

在沉默中，櫻忽然發現自己的頭髮轉為了銀白色。或許是傳送的副作用吧，她並不是很在意。

也許是因為晶星人女皇口中的「時空亂流」的影響，晶星人降臨的時間點也稍有變化，現在是六月底、二年級下學期，不似第一輪是暑假後。在這個時間點，柳天雲還不認識櫻。

還有，由於取代了過去自己的存在，在世界規則的變動下，她的名字也不叫櫻了，而叫幻櫻。

「幻櫻……幻櫻……？」

反覆念誦了許多次，她忽然明白了……為什麼在世界的規則變化下，自己的名字會有所轉變。

「幻櫻……也就是『虛幻的櫻花』的意思……盛開的櫻花本來就壽命短暫，而虛幻的櫻花……更是難以捉摸，轉眼就會凋零……只有一年的壽命，虛幻之櫻……也就是我，幻櫻。」

利用晶星人還在演講的短暫時間，幻櫻將未來所有會發生的事，在心中流轉一遍。

她也從來沒有一刻如此慶幸自己是一個詐欺師。

晶星人女皇規定不能讓未來人的情報傳出，為了不使怪人社的成員們察覺異狀，自己必須騙過所有人。

這不只是單方面的詐欺，同時也是一場史無前例的豪華賭局。

她在賭。

將一切都押注在怪物君所說的、自己是開啟通往「希望之門」的鑰匙的可能性。

幻櫻站起身來。

「如果我是能開啟『希望之門』的鑰匙，而晶星人的比賽目的是為了尋找好看的輕小說……那麼，所謂隱藏在這所學校的『希望之門』……能做到連怪物君都無法做到、一口氣拯救六所學校的可能性，只有一個……」

以頂樓水塔旁的眺望視角，幻櫻開始尋找二年C班的教室窗口。

窗口旁探出了一堆人頭，大家都在看廣場正中心的晶星人說話。

最後……幻櫻將目光停駐在一個黑髮少年的臉上。

那少年一臉無聊，彷彿對什麼都提不起勁。

「……」

懷抱著只有自己能懂的思念，銀白色長髮的少女，決定以自己的方式來作戰。

幻櫻開始盤算日後的行程。

果然如同七六四二三四所說的，「晶瑩時光機」導致時間線有了些許變動，現在的時間點是在放暑假前，而非上一輪的暑假剛結束，有幾個月的時間偏差。

……在這個世界自己無法參賽，所以不能暴露出晨曦的實力……就算參加寫作比賽也要放水。自己比所有人多修煉一年，放水大概也能不露痕跡。

……墊底的Y高中肯定會來挑戰C高中，第一次與怪物君碰面時，得想辦法隱藏起來……或許先用斗篷遮起全身，別讓他看清楚自己，不然以怪物君的恐怖實力，就算面對的是一年前的他……也有身分曝光的危險。

……桓紫音老師的赤紅之瞳能夠偵測寫作戰力……但我跟怪物君一樣，已經達到反璞歸真之境，老師沒辦法看出我的真正實力，她最多只會半信半疑，覺得我「可能很強」。

……最後……怪人社那些成員……我的朋友們……

熟知怪人社所有成員性格的她，能夠提前掌控局勢，甚至誘騙柳天雲去做乍看之下不合常理的事。

風鈴曾經模仿晨曦，天真無邪，為了柳天雲可以犧牲一切的她……如果晨曦一直沒有出現，柳天雲一直消沉下去，導致她心目中的「柳天雲大人」有生命危險，不知道會採取什麼行動。

還有沁芷柔……其實幻櫻始終沒有真正看透她，總覺得她心裡藏起了某些事，一直不願意明說。

考慮過後，幻櫻有了決定。

不管怎麼說──

首先要讓柳天雲復出，並且湊齊原本的夥伴……重組怪人社。

怪人社眾人的死，帶來了幻櫻的生。

而以未來註定的消亡做為代價……幻櫻又尋找到了怪人社眾人的生路。

生生死死……死死生生……形成了一個殘忍的循環。

在第二輪的世界中，柳天雲曾經寫過的《千本魔女》輕小說，內容是在敘述「眾魔之王」貝納德斯利的生死遊戲中，男女主角……曲與莉莉斯，也同樣陷入過這樣的殘忍循環。

而柳天雲的另一部作品《流星爆擊與九翼聖龍》中，依戀著聖龍的主角，在不知情中親手殺死了聖龍，在孤寂中獨自而活，直到壽命的終結為止。聖龍是為了救他而死，但主角並不知情。

這時候的柳天雲還不清楚，未來的自己會寫出的出色作品如《流星爆擊與九翼聖龍》、《千本魔女》等，全都是在第一輪的世界中那個消亡的自己，隨著櫻一起通過時光亂流……也就是從第一輪世界的殘存記憶中所得到的靈感。

這時候的柳天雲當然也不明白，自己不斷渴望見面的對象、那個只存在於過去中的晨曦……註定會為了救他而死。

而柳天雲一直想守護的……善良純真的風鈴，她為了讓「失去晨曦而頹喪的前輩」重新振作起來，最終付出了良心受到日夜煎熬的代價，成為虛假的自己。

在未來的某一天，肯定會出現這樣的場景吧：

教室內的布置一如怪人社白天社團活動時。課桌椅、書櫃、茶几、講師桌、用來擺放教學道具的大收藏盒、沁芷柔用來放衣服的衣櫃，可謂毫無變化。

唯一有變化的，讓柳天雲心緒起伏不定的，是此刻坐在教室正中間，依賴窗外月光來寫作的少女。

在柳天雲看向那少女的同時，少女也轉頭看向他。

少女朝他露出微笑，笑得溫柔可人。

她沒有說話，但那笑容在此刻勝過了千言萬語，比說什麼都還要有渲染力。

「……」

少女此刻沒有綁起平常慣用的雙馬尾，而是任由滑順的紫色長髮披散而下，那份出眾的氣質，將她襯托得如畫中人物般耀眼。

那是任何人初見之下，都會看得出神的嬌俏容貌。

——風鈴。

毫無疑問，這個人是風鈴。

柳天雲感到口乾舌燥，花了好大的功夫，終於喚出少女的名字。

「……風鈴。」

在有關晨曦的方面，柳天雲是個很膽小的人，趁著好不容易鼓起的勇氣，他終於問出了盤旋在心中無數日的疑惑。

「風鈴，妳就是晨曦……嗎？」

聽了柳天雲的問話，風鈴的笑容變得有些複雜。

——柳天雲從來沒想過，一向單純的風鈴，竟然也會露出這種笑容。

窗外的墨黑的烏雲，在此時遮蔽了月亮，月光無法再投射入教室中，瞬息間，一片黑暗攫住了視野。

於那無盡的黑暗中，風鈴對柳天雲做出了答覆。

「是的，我就是晨曦。」

或許在那之後，認為自己見到晨曦的柳天雲……能暫時享有無憂與快樂……

但這份無憂與快樂……代價實在太過高昂。

——謊言會衍生出無數謊言，不知道真相的風鈴，在見到柳天雲的茫然後，為了使前輩奮發圖強，在一年後的六校之戰存活下來——就像曾經在「輕小說學園祭」與「輕小說之闇黑美食廟會」無數次犧牲自己成全柳天雲那樣，即使背負著謊稱為晨曦的罪惡感……哪怕染黑自己原本純白的羽翼，她亦無怨無悔。

風鈴獲得的是當年所渴求的晨曦身分，哪怕現在的她已經不想要了，因為那不是真正的她……但不忍見到柳天雲頹喪的她，依舊會獨自背負所有的罪惡感，藉此換取……柳天雲能夠生存下去的絕對保證。

幻櫻為了不讓悲傷繼續延續，這一輪世界的她，在幫助柳天雲走回本心之道後……註定會讓自己的身影逐漸淡去，不會再與大家成為朋友。

她與風鈴在這一刻無比相似，都是會獨自背負起所有苦痛，一個人孤單地往前走，直到「晨曦」這個存在的終結。

如果風鈴所扮演的「晨曦」是表面上的光，那幻櫻這個真正的「晨曦」，就是暗地裡的影。

然而，光與影都註定深受內心的煎熬，犧牲自己步上拯救他人的孤獨之道，甚至比自詡獨行俠之王的柳天雲……還要孤獨百倍。

可是，身為暗地裡的「影」，幻櫻所得到的暖意，遠比風鈴還要少。至少風鈴還能得到柳天雲的關注，不像自己只能逐漸淡出，哪怕痕跡不復存於世，也只求不再重蹈覆轍的他……依舊笑得燦爛。

比誰都更瞭解柳天雲、為了拯救柳天雲而付出一切的幻櫻……卻無法承認自己就是晨曦，只能逐漸隱去存在感，最後歸於虛無。

渴望救贖柳天雲的風鈴，被迫使純真的心靈蒙上陰影，以虛假的身分……痛苦地走進柳天雲的視線中，日日夜夜受到內心的譴責。

而幻櫻在看到自己的身分被人取代後，肯定會露出絕望的表情吧。就算是這樣，為了使柳天雲不再步入上一輪自己的後塵，她在眾人面前也必須強顏歡笑，只有獨自一人時能流下淚水。

一個為了拯救，一個想要救贖，明明是善意與善意的相互交織——卻組合出能刺傷人心的利劍，於此刻深深傷害了彼此。

彷彿套著沉重的枷鎖在前行。

但是，哪怕再怎麼艱辛與痛苦，既然選擇了這條路，幻櫻就不能回頭。

斬斷了過去，奉獻了現在，犧牲了未來……以過去、現在、未來做為代價，換取通往悲傷之路的資格，幻櫻所得到的……是怪人社眾人，表面上的無憂與快樂。

哪怕平靜的表象下，所有人的快樂……僅是構築於悲傷之上的虛假快樂，那也夠了。

幻櫻會騙過所有人，甚至連自身的悲傷也一起騙過，在哀慟的業火中，點亮眾人的一線曙光。

「柳天雲……曾經的你，拯救了沒有任何目標的我，讓我動筆開始寫作，交到了朋友，進入了怪人社，找到了人生目標……

「這一次，輪到我來拯救你了。」

晶星人降臨的半小時後。

教學大樓頂樓的生鏽鐵門「咿呀」一聲被推開。

一名銀白色長髮的美少女轉過身，以盛氣凌人的態度對著一臉困擾的黑髮少年颯爽展開發言。

「好！以後你就是我的奴隸……呃，就是我的徒弟了。

「為了方便稱呼，之後你就叫做『弟子一號』，一切都要聽我的話，懂嗎？」

「……」

「我說往東，你不能去西；我說東西南北都不准去，你也得乖乖聽話。」

「……師父，那我就無處可去了。」

「蠢材！我的弟子一號竟然說不到三句話就使我蒙羞，你難道不會往天上飛？」

櫻輕輕撫摸腰間的狐面墜飾，凝視著柳天雲。

這一刻，既是上一輪的終結，也是新一輪的開始。

於是，柳天雲與晨曦的寫作旅程，再次啟程。

後記

大家好，我是甜咖啡。

過去許多人常會問我一些問題，例如「幻櫻第一集裡穿著斗篷，後來為什麼不穿了」、「幻櫻為什麼知道這麼多事呢」、「幻櫻為什麼這麼強，每次都能猜到一切呢」、「到底誰是晨曦」、「七六四二三四宣稱的『曾送她回去』是指送誰呢」，諸如此類。

當然大家也看出了，幾乎所有的伏筆都指向幻櫻身上，但幻櫻從第一集的活躍，慢慢在怪人社裡的存在感卻越來越薄弱，相信大家也都注意到了。

在《有病·零》這一集，總算是將大多數伏筆都揭曉了，不知道大家有沒有事先猜到答案呢？

柳天雲在《有病01》、《有病02》裡其實就已經多次覺得不可思議，因為他不管怎麼行動都被死死猜到行為模式，連風鈴、沁芷柔這兩個很少有人可以熟識的目標，幻櫻也預測得非常準。所有攻略都是替柳天雲量身打造，近乎「未卜先知」的行為讓他嚇了一大跳。

當然，對於在怪人社曾經待過一年，熟知眾人個性的幻櫻來說，做到這一切其實並不難……在不明真相的柳天雲看來，就是「未卜先知」了。

幻櫻總是維持十九名卻能進入怪人社，在社團作業上又做得比大家都更好；晶星人女皇降臨C高中時，曾經對柳天雲提出的選項裡其實早包含了「逆轉時光」這一項；晶星人女皇曾以「不得了的惡棍」來形容柳天雲，又說「當鍾愛之物消散的那天……我會再來」，現在大家應該可以明白意思了。

各位應該都知道咖啡很喜歡超展開，但很久以前我就一直在想……難道「超展開」這三字……僅限於句、段、回、章這種小小的發展嗎？

我想不是。在那些東西背後，一定藏有更大、更精彩的可能性。

我想看看那可能性——也想帶著大家去看看那些可能性，於是在細思過後，有病系列誕生了。

「即使看不出伏筆也能讀得很快樂，在最後又能獲得特大號的驚喜」，咖啡想要創造這樣的輕小說，希望我有達到目的。

從《有病05》之後的劇情，將會是用足足四集醞釀、情理之內卻意料之外的特大號超展開，怪人社成員的認知將會被徹底逆轉。

這發展其實有點冒險，沒有穩妥的寫作路線來得安全，但絕對有趣很多，相信大家會喜歡。

謝謝大家長久以來對咖啡的支持。

如果沒有大家的支持，有病系列可能出不到咖啡預想中的集數。真的非常謝謝